천국에서 온 택배 2

TENGOKUKARA NO TAKUHAIBIN
ANO HITO KARANO OKURIMONO

©Sanaka Hiiragi 2023
All rights reserved.
First published in Japan in 2023 by Futabasha Publishers Ltd., Tokyo.
Korean translation rights arranged with Futabasha Publishers Ltd. through Danny Hong Agency.

이 책의 한국어판 저작권은 대니홍 에이전시를 통한 저작권사와의 독점 계약으로
㈜바이포엠 스튜디오에 있습니다. 저작권법에 의해 한국 내에서 보호를 받는
저작물이므로 무단전재와 복제를 금합니다.

천국에서 온 택배 2

히이라기 사나카 지음
김지연 옮김

일러두기
- 이 책의 주석은 모두 옮긴이 주입니다.
- 본문 속 볼드체는 원서에서 방점이 찍힌 부분입니다.
- 인명, 지명을 비롯한 고유명사의 표기는 국립국어원 외래어 표기법을 따랐으나 이야기의 흐름에 맞춰 입말에 가까운 발음을 살리기도 했습니다.
- 본문 속 삼행시는 이야기의 흐름과 관계없는 말장난임을 고려하여 한국어로 의역한 것입니다.

차례

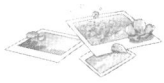

제1화	아버지와 카메라와 리셀러	7
제2화	78년 만에 온 편지	77
제3화	마지막 달밤을 너와	125
제4화	나의 일곱 마녀	181
	에필로그	245

제1화　아버지와 카메라와 리셀러

오이카와 모토키는 아까부터 자리에 드러누워 다리를 들어 올린 채 스마트폰으로 이번 달 신용카드 명세서를 보고 있었다. 카드값이 터무니없이 많이 나왔다. 자기 카드가 불법 거래에 이용된 게 틀림없다고 판단한 오이카와는 명세서의 세부 내역을 하나하나 되짚어 보았다. 범인은 웬걸, 두 달 전 자신이었다. 어차피 전부 되팔 거지만 물건을 사들이는 비용이 만만치 않은 게 전매轉賣를 업으로 하는 리셀러의 고충이다.

좁은 원룸에는 햇빛이 한 자락도 들어오지 않는다. 천장까지 빼곡히 쌓인 골판지 상자가 방의 절반을 차지하고 있다. 방 한복판에 게걸음으로 간신히 지나다닐 수 있는 길이 하나 나 있을 뿐, 애니메이션 굿즈와 동인지, 게임기, 한

정판 프라모델 따위가 높다란 선반을 빈틈없이 채우고 있다. 땅 위에 눈이 쌓이면 주변의 소리를 흡수한다던데, 이런 물건들도 소리를 흡수하는 건지 귀에 거슬릴 정도로 사방이 고요하다.

여기는 독신자 전용 아파트의 3층인지라, 상하좌우에 거주하는 이들이 일터로 나가고 나면 건물 전체가 텅 비어 이 집의 주인인 오이카와만 홀로 남는다. 오이카와에게 이 집은 서른여섯에 어렵사리 장만한 혼자만의 성이나 다름없다. 매일 아침 지루한 얼굴로 회사에 나가 낮에는 기계처럼 고개만 끄덕이고, 밤에는 야근하고 지친 얼굴로 귀가하는 인간들과 나는 근본적으로 달라. 격이 다르다고. 나는야 비즈니스 세계에서 파도를 즐기며 거친 풍랑을 헤쳐나가는 최고 경영자. 이 집에 있는 모든 물건은 상품이자 부를 생산하는 무한 장치.

그런데 상품이 너무 많아 이불을 펼 자리조차 모자라다 보니 정작 오이카와는 현관에서 잠을 자야 하는 형편이다. 현관에 반으로 접은 이불을 깔고 비스듬하게 눕는다. 쉴 때도 반쪽짜리 이불 위를 떠나지 못한다. 그럴 때면 혈액순환을 위해 다리를 높이 쳐드는 것을 잊지 않았다.

싸게 사서 비싸게 판다. 그걸 반복하며 재산을 눈덩이처럼 불려 나간다. 인기 상품은 똑같은 모델을 스무 개 혹은 서른 개도 갖고 있지만, 사실 오이카와는 그런 것들에 애착은 물론 감흥도 없었다. 오로지 상품의 시세에만 관심이 있었다.

시세를 파악하는 것은 사냥과 비슷하다. 이를테면, 기가 약해 보이는 점원이 근무하는 가게를 미리 점찍어 뒀다가 인기를 끌 것 같은 장난감을 발견하면 맨 먼저 달려가서 모조리 사들인 다음, 뒤에 서 있던 어린아이가 울건 말건 나 몰라라 하면서 유유히 그 자리를 떠난다. 꼬마야, 너무 늦게 왔구나. 다음에는 나보다 더 빨리 오도록 해, 라고 속으로 히죽거리면서. 은근슬쩍 전리품을 자랑하는 자신을 아이의 부모가 째려봐도 끄떡없다. 이건 비즈니스다. 원래 비즈니스의 세계는 냉혹하다. 되팔이꾼이라며 욕도 많이 먹지만, 전략이 뛰어난 지략가만이 돈을 벌 수 있는 고난도의 일이다. 그걸 이해하지 못하는 놈은 잔말 말고 콩나물시루 같은 만원 전철이나 타고 다니면 된다.

그러나 최근 몇 달 동안 고가의 전자기기를 사재기한 탓에 저금이 점점 줄어들고 있었다. 당장 현금화할 수 있는 상품이 아니어서 당분간은 돈에 쪼들릴 듯했다. 시세가 더 오를 전망이므로 지금 갖고 있는 물건은 되도록 팔고 싶지 않았다. 임자 없는 눈먼 돈이여, 당장 내게로 와서 솟아라, 펑펑 솟아나라, 오이카와는 간절히 바랐다. 힘들거나 참을성이 필요한 일은 싫다. 예를 들면, 우연히 길을 가다가 외국인을 도와줬는데 알고 보니 그 사람이 아랍의 대부호여서 감사의 표시로 석유를 준다거나…… 아니, 좀 더 현실적으로 생각해 보자. 우연히 도와준 할머니가 긴자[✦]에 토지를 소유한 땅 부자였고 감사 표시로 땅을 받는다. 그런 상상에 빠져 있는데 갑자기 딩동, 하는 얼빠진 소리가 울렸다. 누가 찾아온 듯했다.

  평소 오이카와가 애용하는 쇼핑몰의 배달원은 초인종을 누르지 않고 아파트 내 무인 택배함에 물건을 넣고 간다. 낮에는 아무도 없는 아파트로 유명해서 방문 판매원 또한 발길이 뜸하다. 그렇다면 다른 데서 택배가 온 듯한데 도무지 짚이는 바가 없다. 오이카와는 4년 전 웃돈을 받고 암표를 팔다가 걸려서 사기죄로 체포된 이력이 있는데, 간신히 실형은 면했지만 그 후로 부모님에게 의절을 당했다. 원래도 사이가 좋은 편은 아니었으나 시골에서 체면을 신경 쓰며 살아가는 부모로선 '체포'라는 말에 타격이 컸던

✦ 도쿄 중앙부에 위치한, 일본에서 가장 땅값이 비싼 지역.

모양이다.

그때 자신에게 주먹을 날리던 아버지는 힘이 예전만 못했고, 그런 아버지를 필사적으로 말리던 어머니의 정수리에 허옇게 내린 서리를 보고는 와, 둘 다 노인네 다 됐네, 라고 마치 남의 일처럼 생각했던 기억이 생생하게 되살아났다. "이거 놔!", "여보, 그만해!"라며 한마디씩 주고받는 모습이 왠지 콩트 같다는 생각이 들어 '미니 콩트: 의절당한 아들' 같은 제목을 머릿속에 떠올렸다가 그런 아수라장 상황에서 웃음이 터지고 말았다. 어머니는 철없는 아들이 한심했는지 주저앉아 울었고, 격분한 아버지는 구두를 집어 던지며 "썩 꺼져!" 하고 고함을 내질렀다. 그길로 본가에 발길을 끊고 연락도 일절 하지 않았다.

친척에게도 연을 끊겨 의지할 데기 없는 것도 모지리 입만 열면 다단계 타령을 했다가 친구도 다 잃었다. 당연히 사귀고 있던 애인도 떠났다. 사정이 이렇다 보니 아무런 연락도 없이 택배를 보내올 사람을 짐작할 수 없었다.

인터폰 모니터도 물건에 가려져 안 보이는 판국이라, 오이카와는 읏샤 하며 자리에서 일어나 상황을 살펴보기 위해 문을 열고 얼굴을 반만 내밀었다.

모자를 쓴 여자와 눈이 마주쳤다.

오이카와도 그렇게 작은 키는 아닌데, 여자의 키가 자기보다 조금 작은 정도인 걸 확인하자 평균보다 큰 편이구나 싶었다.

골판지 상자를 들고 있는 모습을 보아하니 택배 기사가 분명한데 거기 박힌 로고는 한 번도 본 적이 없었다. 회색 유니폼 가슴팍에 붙은 흰색 날개 마크. 나나호시라고 적힌 명찰. 쇼트커트. 한눈에 봐도 달리기를 잘하게 생긴 여자였다. 그래서 택배 일을 하는 걸까? 전체적으로 사바나에서 치타에게 쫓겨 달아나는 사슴 같은 분위기를 풍겼다.

나나호시라는 여자가 또박또박한 목소리로 "실례합니다. 여기가 오이카와 모토키 씨 댁 맞나요?" 하고 물었다.

"'천국택배'입니다. 물품 배달하러 왔습니다."

재고를 확보해야 해서 수시로 택배가 오지만 천국택배라는 업체 이름은 처음 들었다. 내가 뭘 주문했더라? 아이돌 굿즈였나? 아니면 한정판 애니메이션 굿즈?

"아. 뭘 주문했는지 기억이 안 나네. 품명에 뭐라고 돼 있죠?"

"아뇨, 그게 아니고요. 저희 천국택배는 의뢰인이 지정하신 분께 유품을 전달하는 일을 하고 있습니다."

유품이라는 말을 듣자마자 연을 끊고 지낸 부모님 얼굴

이 뇌리를 스쳤다. 아버지에게 지병이 있으므로 처음에는 아버지가 보낸 유품인가 싶었지만, 이 집의 주소를 가르쳐주지 않았을뿐더러 아버지에게 "너 같은 건 태어나지 말았어야 했다"라는 소리까지 들은 마당에 이렇게 택배를 보낸다는 건 말이 되지 않았다. 부모님은 인터넷도 쓸 줄 모르는 사람들인데 그런 촌구석에서 지금 사는 집 주소를 어떻게 알아낸단 말인가. "너 같은 건 태어나지 말았어야 했다"라는 말을 들었을 때도 나를 낳은 건 당신들이니 당신들 책임이라고 생각했고, 지금도 그 생각은 변함없었다.

"이건 오자키 가즈요시 씨가 보내신 겁니다."

"오자키, 가즈요시? 오자키가 누구지? 나한테 온 거 맞아? 잘못 온 거 아니고?"

친척 중에도 오자키라는 사람은 없다.

나나호시는 "예. 여기를 보세요"라며 상자 위에 붙은 운송장을 보여주었다. 분명 받는 사람에는 자기 이름이, 보내는 사람에는 오자키 가즈요시라는 이름이 적혀 있었다.

붓글씨를 쓸 때처럼 굵은 만년필을 거머쥐고 허리를 꼿꼿이 세우고 앉아 기합을 한껏 넣고 쓴 듯한 필체였다. 한순간 원래 이런 글씨체가 있다고 해도 믿을 정도로 반듯반듯했다. 이 멋진 필체가 어쩐지 낯익었다. 고작 운송장에 쓰는 건데도 한 획 한 획 정성껏 긋고 꺾고 굴리고, 그렇게 쓴 글자들이 조금이라도 어우러지지 않거나 한 획이라도 어긋나면 처음부터 다시 고쳐 쓸 것 같은 완고함이 고스란히 드러나는 글씨다.

겨우 생각이 났다. 그 영감이다. 카메라를 좋아하던 영감.

오이카와의 표정을 읽었는지 나나호시가 "괜찮으시면 이 물건에 관해 설명해 드리겠습니다"라며 말을 꺼내자 오이카와는 "잠깐만" 하고 나나호시를 밖에 세워둔 채 뒤돌아 현관까지 나와 있던 이불을 둘둘 말아 방 한구석에 처박았다. 그러고는 발판으로 쓰는 원형 의자와 접이사다리를 갖고 와서 현관에 내려놓았다. 오이카와는 접이사다리에 걸터앉았다.

나나호시는 "들어와요"라고 해서 들어왔지만 현관 말고는 앉을 공간이 전혀 없는 집 안을 보고 몹시 놀란 눈치였다. 당연하다. 이 집에는 가구도 없고 생활 공간의 대부분은 되팔기용 상품들이 차지하고 있다. 상품의 종류는 그때그때 유행에 따라 달라진다. 이번 달은 한정판 프라모델과 새로 나온 게임기 상자가 산더미처럼 쌓여 있다.

화장실과 욕실을 잇는 통로를 제외하면, 현관 바로 옆까지 삐져나온 물건들로 발 디딜 틈이 없다. 나나호시가 요즘 품귀 현상을 보이는 화제의 게임기 상자가 천장까지 쌓여 있는 모습을 보고 눈빛을 빛내자 오이카와는 "팔 물건이니까 건드리지 마!"라며 다급하게 주의를 줬다.

나나호시는 기가 죽은 얼굴로 "죄송합니다……" 하며 몸을 움츠렸다. 오이카와는 사재기한 상품을 비싸게 팔려면 상자에 흠집이 나지 않게 조심해야 하며, 그러기 위해 자신이 얼마나 신경을 쓰는지 자랑스레 떠들었다.

오이카와가 "……그러니까 이 집은 원하는 사람에게 원하는 상품을 보내주는 소규모 회사 같은 곳이니까 알아서 조심해 줘" 하고 설명을 마치자 나나호시는 "네" 하며 고개를 끄덕였다. 누구보다 빨리 욕망의 냄새를 맡고 단숨에 사들이는 게 내 일이다. 사금이 나오는 강을 발견하고 몰려들었던 골드러시도 이런 식이 아니었을까. 그 당시 미국에 살았더라면 나는 분명 사금을 캐러 갔다. 사금을 캐는 게 뭐가 나쁜가. 오이카와는 현대의 사금은 물류라는 강에 있다고 믿어 의심치 않았다.

"참, 뭐랬지? 맞다, 택배. 나한테 택배가 왔는데…… 그게 유품이라고? 그럼, 오자키 씨가 죽었어?"

"네에. 돌아가셨습니다. 취미가 같았던 오이카와 씨께 전해주고 싶은 물건이 있다고 하셔서 찾아왔습니다."

취미가 같았다고?

오이카와에게 오자키 가즈요시는 그냥 호구였다.

한때 카메라 전매가 대유행해서 오이카와도 잠시 손을 댄 적이 있다. 두 사람은 우연히 인터넷 옥션 사이트에서 만나 거래했고, 그 후에 오이카와가 극진한 감사 메일을 보냈다. 기존 예시 글에 적당한 단어를 갈아 끼운 형식적인 인사였지만, 오이카와는 이런 일에 있어 철두철미한 구석이 있었다. 고작 감사 인사 하나로 남의 환심을 살 수 있다면 이보다 더 싸게 먹히는 일은 없다. 그런 까닭에 상대에게 신용을 얻고 좋은 이미지를 줄 것 같은 글귀를 잔뜩 모아두었다. 그때도 이 카메라를 갖게 되어 꿈만 같습니다, 예전에 아버지가 쓰던 카메라였습니다, 동경해 마지않던 카메라를 손에 넣게 되어 기쁨을 감출 수 없습니다, 같은 온갖 거짓말을 갖다 붙였다. 그리고 평생 소중히 쓰겠다며 인사말을 맺었다.

그러자 오자키에게서 답장이 왔다. 아무래도 오이카와가 마음에 든 눈치였다. 그때부터는 옥션 사이트를 거치지 않고 개인 메일로 직접 거래했다. 하나같이 상태도 좋고 인기도 많은 모델이었다. 가볍게 가격을 흥정하는 과정을 거치긴 했지만, 매번 시세보다 훨씬 싸게 카메라를 손에 넣을 수 있었다. 생각해 보면, 지금까지 스무 대가 넘는 카메라를 파격적인 가격에 매입했다. 그때마다 오이카와는 가짜 추억담을 만들어 정중하게 감사 인사를 보냈다.

오자키에게서 카메라가 도착하면 그날 중으로 다른 중고거래 앱을 통해 구입 가격의 이삼십 배로 팔아넘겼기 때문에 지금 오이카와의 수중에는 카메라가 한 대도 없었다.

안 그래도 요즘 그 영감이 연락이 없네, 라고 생각하던 참이었다.

오이카와는 나나호시에게 택배 상자를 넘겨받았다.

골판지 상자는 크기에 비해 제법 묵직했다. 상자를 열자 완충재로 겹겹이 싸인 물건이 나왔다. 그랬다. 매번 꼼꼼한 포장 상태를 확인할 때마다 오자키가 그 카메라를 얼마나 아꼈는지 여실히 전해졌다. 혹시나 운반 중에 무슨 일이 생기더라도 절대 흠집이 나지 않게끔 신경을 썼다.

완충재를 한 겹씩 벗길수록 심장 박동이 빨라졌.

검고, 무겁고, 단단한 물건.

오이카와의 예상대로 카메라였다.

게다가 이름만 들으면 누구나 다 알 만큼 뛰어난 성능을 자랑하는 명품 카메라, 바로 라이카였다.

"잠깐! 지금 이게 내 거라고? 그래? 내 거 맞아? 나중에 돌려달라고 딴소리하는 건 아니겠지? 진짜지?"

라이카를 안은 오이카와의 목소리가 드높아졌다.

"예, 이건 오이카와 씨께 남긴 유품인데……."

"대박! 진짜 나한테 보냈다는 거지? 어이, 잠깐만." 오이카와는 뭔가 할 말이 있는 듯한 나나호시를 막아서며 이 카메라를 팔면 얼마나 받을 수 있는지 스마트폰으로 대형 카메라 판매점의 매입가를 검색하기 시작했다. 그다음엔 렌즈 가격을 검색했다.

손이 덜덜 떨렸다.

이건 평범한 라이카가 아니었다. 희귀한 모델이라 엄청나게 고가였다.

우선 카메라 본체만 해도 100만 엔 이상에 거래되고 있었다. 렌즈까지 포함하면 약 200만 엔. 아니지, 더 나갈지도 모른다.

드디어 내게도 행운이 찾아왔구나.

무의식적으로 씩 웃고 있었나 보다. 의아한 눈빛으로 자신을 보는 나나호시에게 "아니, 그냥. 좀 볼 게 있어서"라고 말하며 얼렁뚱땅 넘겼다. "그래, 계속해."

"유품은 카메라뿐만 아니라 편지도 있습니다. 그리고

한 가지 더."

오이카와는 나나호시의 얼굴을 들여다보다가 문득 궁금증이 일었다. "그건 그렇고, 천국택배는 이런 유품만 취급하는 거야? 다른 건 안 하고?"

나나호시는 "예, 그렇습니다"라고 대답했다.

"근데 그렇게 해서 채산이 맞아? 광고는 해? 어디서 하지?"라고 오이카와가 질문을 퍼붓자 나나호시는 난처한 얼굴로 대충 받아넘겼다.

"이 일이 재밌어?" 이런 일보다는 전매 쪽이 돈을 훨씬 많이 벌 수 있다는 뜻을 담아 은근슬쩍 물었다.

나나호시는 미소를 그려내며 오이카와를 쳐다보았다.

"네. 제게는 소중한 일입니다. 고객의 마지막 택배를 배달하면서 그분 인생의 마지막 순간을 함께하는 것 같은 기분이 들거든요."

흥. 오이카와는 영 떨떠름했다. 인생의 마지막 순간을 함께한다?

나나호시가 돌아간 뒤 오이카와는 이 카메라를 어디에 팔아야 가장 비싸게 팔 수 있는지, 옥션 사이트에 등록하면 낙찰가가 얼마나 올라갈지 철저하게 조사해서 몇 군데를 뽑았다. 참, 편지 말고도 뭐가 하나 더 있다고 했는데.

일단 읽어나 보자며 편지를 먼저 집어 들었다.

흠잡을 데 없는 오자키의 글씨가 왠지 힘이 없어 보이는 건 유품에 동봉된 편지라는 사실을 알아서일까.

―오이카와 씨, 갑자기 택배가 도착해서 놀라진 않았는지 모르겠습니다. 이 카메라를 오이카와 씨에게 주고 싶어서 천국택배라는 택배 회사에 부탁했습니다. 오이카와 씨는 나처럼 카메라를 좋아하고 취향도 비슷했습니다. 그런 사람과 거래할 수 있어서 무척 기뻤습니다. 취미가 같은 사람이 있다는 건 참으로 기쁜 일이지요.

흐읍, 오이카와는 숨을 들이마셨다. 물론 기쁜 일이었다. 이 영감 덕분에 지갑이 꽤 두둑해졌으니까.

―내가 오이카와 씨에게 보낸 카메라로 하늘 아래의 어떤 풍경을 찍고 있을까, 그런 생각을 하면 병상에 누워 있어도 기분이 좋습니다.

안타깝지만 카메라는 싹 다 팔아치웠다. 좋은 물건이 많았으니 지금쯤 더 높은 값으로 리셀러들 사이에서 돌아다니고 있겠지.

　―전부 다 추억이 깃들어 있는 카메라였습니다. 맨 처음 거래한 카메라는 아들 다케시가 태어났을 때 구입했습니다. 다케시는 몸이 약해서…….

　거기까지 읽던 오이카와는 문득 생각했다. 아들은 어떻게 됐지? 값이 값인 만큼 이런 카메라는 아들에게 물려주는 게 맞지 않나? 그런 생각이 들었다.
　그 뒤로도 아내가 사고로 세상을 떠난 이야기와 아들과의 이런저런 추억담이 적혀 있었지만, 어째서 외아들에게 이 비싼 카메라를 물려주지 않았는지가 자꾸만 마음에 걸렸다.

　―여기까지 읽으시면서 어째서 친아들에게 카메라를 물려주지 않았는지 이상하다 싶으시겠지요. 말씀드리기 부끄럽지만, 아들과는 연락이 끊어진 지 벌써 10년 가까이 지났습니다. 여기저기 알아봤지만 행방을 찾을 수가 없어서…….
　혹시라도 아들과 연락이 닿으면 물려주려고 카메라를 잘 관리하면서 갖고 있었습니다. 그런데 오이카와 씨와 거래를 트면서부터 어쩐지 오이카와 씨가 내 아들 같다는 생각을 떨칠 수 없었습니다. 아들과 카메라에 대해 이야기하고 싶었습니다. 추억을 나누고 싶었습니다. 내가 갖고 있는 이 카메라들을 다 줄 테니 사진을 많이 찍어보라고 말해주고 싶었습니다.

아들의 꿈을 맹렬히 반대하고 계속 부정했던 게 잘못이었음을 지금은 압니다. 네가 어떤 길을 선택하든 내가 네 아버지라는 사실은 달라지지 않는다, 그렇게 한마디 해줬으면 좋았으련만. 아무리 후회한들 시간을 되돌릴 수는 없겠지요.

이 라이카는 맨 마지막까지 간직하고 있던 카메라입니다. 아들은 돌아오지 않았습니다. 이제 내게는 시간도 얼마 남지 않았습니다.

내가 죽고 나서 누군지도 모르는 사람 손에 들어가는 것보다는 이 카메라를 아끼며 계속 사용해 줄 오이카와 씨에게 보내는 편이 낫다는 생각이 들었습니다.

그리고 내 손으로는 절대 처분할 수 없었던 앨범도 같이 보냅니다. 잘 알지도 못하는 사람의 앨범을 갖고 있은들 의미 없을 테니, 렌즈와 카메라를 사용한 예시 정도로 보고, 다 살펴본 후에는 마음대로 처분해도 괜찮습니다.

막무가내로 이것저것 보내서 죄송합니다. 오이카와 씨가 이 카메라를 오래도록 애용해 주시길 바라며.

표지가 너덜너덜한 낡아 빠진 앨범이 상자 바닥에 깔려 있었다.

앨범을 한 장 넘겼다. 이 갓난아기가 다케시겠군. 포대기에 싸인 아기가 이쪽을 보고 있다. 옆에는 사진을 찍은 날짜 외에 카메라 기종과 렌즈, 사용한 필름 정보 등이 깨알같이 적혀 있었다. 오자키가 카메라를 얼마나 좋아했는지 보였다.

그 옆에는 아까 편지에도 등장했던, 세상을 떠난 아내로 보이는 여자가 어린 다케시를 안고서 웃는 사진이 있었다. 편지에는 다케시가 세 살 때 아내가 세상을 떠났다고 나와 있었는데, 그 후로 쭉 부자 단둘이서 살아온 것 같았다. 그래서인지 다케시를 찍은 사진이 많았다.

엄마가 없어도 아들이 외롭지 않도록 놀이공원에도 가고, 동물원에도 가고, 다케시와 함께 여기저기 다닌 듯했다. 항상 아이 옆에 꼭 붙어 있는 할머니는 오자키의 모친이자 다케시의 친할머니겠지.

동그스름하던 아이가 조금씩 세로로 길어졌다. 아이는 참 빨리 자랐다. 초등학교 입학식, 운동회, 학예회 연극 발표, 아버지와 함께 간 소풍 등등 온갖 추억이 거기 남아 있었다. 얼마 지나지 않아 할머니 사진은 사라지고 다케시를 찍은 사진만 넘쳐났다.

초등학교 고학년이 되면서 다케시가 검도를 배우기 시작했는지 검도 시합 장면을 찍은 사진도 보였다. 중학교에 들어간 뒤로는 기타도 쳤던 모양이다. 원래도 말쑥하게 생겼는데 중학생 때부터는 산뜻한 맛이 더해지고 눈매도 시원시원해서 오이카와 눈에도 꽃미남으로 보였다.

방에서 기타를 치는 모습을 찍은 사진이 마지막이었다. 고등학생쯤이려나. 우수에 젖은 눈빛이 성숙해 보이고 이대로 포스터로 써도 되겠다 싶을 만큼 분위기가 있었다.

앨범은 거기서 끝이었다.

그랬구나. 병상에 누워서 인생의 마지막 순간까지 이 카메라와 앨범을 보고 있었을 오자키를 떠올리며 숙연해졌던 것도 잠시, 오이카와는 드디어 비즈니스 기회가 굴러들어 왔다는 생각에 눈이 번쩍 떠졌다.

계획은 이랬다. 먼저 이 귀한 카메라와 비슷하게 생긴 카메라를 한 대 준비한다. 그러면 오자키가 유품으로 남긴 값비싼 카메라와 그 카메라를 닮은 카메라, 두 대의 카메라가 생긴다. 웬만큼 안목이 있지 않는 한 어느 쪽이 값비싼 카메라인지 알아보지 못한다. 가출까지 했던 아들이니

아버지의 카메라에는 관심이 아예 없었을 터. 다케시에게는 아버지의 유품이 아니라 그것과 비슷하게 생긴 카메라를 넘겨줄 작정이다.

다케시에게 진짜와 바꿔치기한 가짜 카메라를 주면서 "실은 아버지께 돈을 빌려드렸는데 전액을 다 갚진 못하셨어요. 그 대신 이 카메라를 제게 주신 듯합니다"라며 조심스레 말을 꺼낸다. 아들에게 아버지가 남긴 빚을 갚게 하고, 자신이 다케시를 찾아다니느라 쓴 비용도 같이 청구한다. 이렇게 하면 어느 정도 돈을 우려낼 수 있다. 하지만 여기서 끝이 아니다.

다케시를 찾아다니는 과정을 촬영해서 동영상 사이트에 올린다. '유품 카메라와 떠나는 여행: Lost Takeshi', 그 카메라는 어느 날 문득 5월의 비람과 함께 찻아왔다. 감독 나, 주연 나, 각본 나, 벌써부터 흥행할 거라는 예감이 꿈틀거렸다. 전 세계가 감동하겠지. 조회수가 몇만을 넘으면 수입도 폭발적으로 늘어날 테고.

모든 일이 끝나면 카메라값이 최고로 치솟을 때까지 기다렸다가 오자키의 유품 카메라를 팔면 된다. 오이카와는 이렇게 삼중, 사중으로 돈을 뜯어낼 수 있는 돈줄을 잡았다는 확신이 들었다.

나는 천재다! 그렇게 생각한 오이카와는 잠시 전매 일을 접고 다케시를 찾아 나서기로 결심했다.

앨범에 실린 사진을 샅샅이 살펴보면서 다케시를 찾을 만한 정보를 알고 있을 법한 사람을 찾아보았다. 돋보기까지 사서 구석구석 확대했다. 전봇대의 고유 번호와 차량 번호, 회사 간판을 통해 지역을 좁힐 수 있었다.

자세히 들여다보니 다케시는 중학교 때 검도 동아리에 들어갔을 뿐 아니라 동네 검도 교실도 다닌 모양이었다. 대회 때 찍은 사진에서 다케시가 다녔던 검도 교실 이름을 알아냈다. 다케시와 친하게 지냈던 사람이 아직 거기 있을지도 모른다는 생각에 맨 먼저 그쪽을 탐색해 보기로 했다. 인터넷에서 검도 교실 이름을 검색했더니 여전히 그 자리에 있는 것으로 나왔다. 전화번호도 알아냈다. 전화로 물어보면 수상하게 여길 수도 있으므로 증거인 앨범을 들고 직접 찾아가 보기로 했다.

오이카와는 상품에 부딪치지 않도록 조심조심 걸음을 옮겨 교복처럼 입고 있던 맨투맨 티를 벗고 말끔한 치노팬츠와 폴로셔츠로 갈아입었다. 머리도 깔끔하게 빗었다. 되팔 물건을 구입하러 나갈 때 말고는 거의 집에만 있어서 몰랐는데, 밖에 나가 보니 어느덧 계절이 바뀌어 벚꽃은 흔적도 없이 사라지고 없었다. 세상 사람들은 벌써 이 계절에 익숙해졌는지, 길가에 서서 눈이 부신 듯 하늘을 올려다보는 사람은 오이카와뿐이었다.

그렇구나, 집 안에서 옥션 사이트와 중고거래 앱을 들여다보며 하루하루를 보내는 사이에 한 달이나 지났다는 사실을 깨닫자 새삼 시간이 참 빠르다는 생각이 들었다.

열차를 갈아타며 이웃 현県의 끄트머리까지 가느라 네 시간이나 걸렸다. 여기가 다케시가 살았던 동네군. 역 앞으로 패스트푸드점, 파친코, 백반집, 편의점이 보였다. 세련된 카페나 잡화점이 하나도 없고 낡지는 않았지만 개성도 없어, 저예산 애니메이션의 배경으로나 등장할 법한 곳이다. 아무것도 없는 듯한 분위기가 오이가와 살았던 동네와 닮았다.

검도 교실은 여전히 그때 그 자리에 있었다. 앨범을 꺼내 확인해 보니 외관도 당시와 별반 다르지 않았다.

동영상 사이트에 올리려면 검도 교실 외관부터 찍어야 했다. 여러분, 오늘 '오잇치 탐정의 다케시를 찾아라!'가 네 시간이나 걸려서 찾아온 곳은 다케시 씨가 다녔던 검도 교실…… 하며 녹음을 시작하려다가 앞으로 일이 어떻게 될지 모르니 내레이션은 나중에 넣기로 마음을 바꿨다. 펜처럼 생긴 소형 카메라를 웃옷 가슴 주머니에 꽂았다. 어째 잠입 취재 다큐멘터리 같아졌다. 일단 다 찍고 나서 나중에 관계자의 허락을 얻은 다음에 모자이크를 넣거나 음성을 변조하면 된다.

아직 운영 시간 전인지 검도 교실에서는 아무 소리도 들리지 않았다. 하지만 안쪽에서 인기척이 느껴져 입을 열어 보았다.

"실례합니다."

오이카와가 인사하자 안에서 "예" 하며 웃음을 띤 남자가 나왔다. 언뜻 보니 노인이라 해도 될 나이 같지만 묘하게 기백이 넘쳤다. 괜히 시비를 걸었다간 뼈도 못 추릴 듯한 남자의 인상에서 과거에 자신을 체포했던 경찰들이 떠올랐다.

평생 실실거리면서 살아온 오이카와 입장에서는 한마디로 거북한 유형이다. 동영상 사이트에 올리기 위해 주머니에 끼워놓은 이 카메라로 촬영 중인데 괜찮으십니까, 라고 운을 떼는 순간, 안 그래도 날카로운 눈빛이 더 날카로워질 걸 상상하자 촬영에 관해서는 입을 다무는 편이 낫겠다고 판단이 내려졌다.

"실례지만, 여기가 사쿠라자토 검도 교실 맞습니까?"

"예, 그렇소만……."

오이카와는 자기 안의 가장 지적인 표정을 끄집어냈다.

이 강인해 보이는 노인은 검도 교실의 관장인 사쿠라자토가 분명했다. 벌써 30년 가까이 여기서 검도 교실을 운영하고 있다고 했다. 그렇다면 다케시에 관해서도 알지 않을까.

"실은 말이죠, 이런 일이 있었습니다"라며 간략히 사정을 설명하기 시작했다. 오자키 씨와 자신은 둘 다 카메라를 좋아했는데, 죽은 오자키 씨로부터 상상도 못 한 값비싼 카메라를 선물로 받았다. 그런데 이 카메라는 오자키 씨의 아들에게 전해주는 게 옳다는 생각이 들었다. 아들이 어디 있는지 물어보고 싶지만 이미 오자키 씨가 세상을 떠난 후라 현재 아들의 주소를 아는 사람을 만날 수 없었다. 그래서 오자키 씨의 유품을 전해주기 위해 아들인 다케시의 행방을 찾고 있다고 카메라를 보여주며 진지하게 말하자 사쿠라자토는 그 이야기를 선선히 받아들이고 "그러십니까, 일부러 멀리까지 와주셔서 고맙습니다. 돌아가신 오자키 씨도 기뻐하실 겁니다"라며 카메라를 내려다보면서 고개를 끄덕거렸다.

앨범을 꺼내 들고 "이건 오자키 씨가 맡기신 앨범입니다. 이 아이가 오자키 다케시인데, 혹시 기억나십니까?" 하며 사진을 가리켰다.

"오자키 다케시…… 아무렴 기억하고말고요."

역시 스승은 다른지 세월이 많이 흘렀는데도 오래전에 자신이 가르쳤던 아이를 기억했다. 그는 뭔가를 생각해 내려는 듯 잠시 침묵을 이어갔다.

오이카와가 "검도는 잘했습니까?"라고 물어보았다.

"한마디로 말씀드리면, 아이보다는 아버지가 열성적이었습니다. 아버지 손에 끌려왔거든요. 스스로 원해서 찾아온 아이와 그렇지 않은 아이는 처음부터 차이가 납니다. 여기 온 첫날에 어머니가 돌아가셨다는 말도 들었어요. 언제나 자상해 보이는 할머니가 다케시를 데려오고 데려가셨지요. 아버지는 아들이 강한 아이가 되길 바라는 것 같았습니다.

다만, 아이가 시합에서 지면 주위 사람들이 깜짝 놀랄 정도로 엄하게 꾸짖을 때도 있어서 열정이 과하다는 느낌도 받았습니다. 하지만 아이를 사랑하는 마음에서 나온 엄격함이지, 도를 넘은 것은 아니었어요. 할머니가 우는 아이를 달래면서 데리고 가던 모습도 생생하게 기억납니다."

"그랬군요……."

오자키의 글씨에서도 왠지 열정적으로 자식을 양육할 것 같은 이미지가 그려졌었다. 엄격하고 고통스러운 거라면 딱 질색인 오이카와는 다케시에게 약간 동정심이 생겼다. 하기 싫은 일을 하는 것도 모자라 꾸중까지 들어야 한다면 정말이지 참을 수가 없다.

"당시 살던 주소라면 남아 있습니다만, 이제 다케시는 거기 없다는 말이죠?"

"예에. 다케시 씨는 10년 전에 집을 나가서 아버지와 따로 살았다고 합니다."

관장은 곰곰이 생각하다가 "잠깐만 기다려 봐요. 일부러 먼 길 오셨는데……"라고 하더니 어딘가로 전화를 걸었다. 당시 다케시와 친하게 지냈던 친구가 지금도 여기서 검도를 배우고 있어서 연락한 것이다. 통화를 이어가다가 오이카와에게 수화기를 넘겨주었다.

수화기 속 상대와 여기서 몇 정거장 떨어진 역에서 만나기로 하고 장소와 시간을 정했다.

관장은 "아버지를 위해서도, 다케시를 위해서도 꼭 찾았으면 좋겠군요"라고 말했다.

잠시 후 오이카와는 역 앞에 도착했다. 이 역은 환승역이라서 검도 교실이 있던 역보다 규모가 크고 오가는 사람도 많았다. 저녁이 가까워지고 있는 시간대의 커피숍 안은 잠시 쉬었다 가려는 손님으로 북적거렸다.

가게 안에 들어가 손님들의 나이를 가늠해 보았다. 앨범에 적혀 있던 날짜를 보건대 다케시는 자신보다 대여섯 살 어릴 테니, 그 정도 나이에 남자고…… 그런 생각을 하며 가게 안을 둘러보다가 한 남자와 눈이 마주쳤다. 빳빳하게 다린 바지에 주름 하나 없는 와이셔츠, 거기다 짧게 자른 머리를 보니 건실한 회사에서 일하는 사람인지도 모르겠다. 오이카와는 가슴께에 손을 대며 볼펜형 카메라의 스위치를 눌렀다.

"저기, 오이카와 씨 되시죠?"

"맞습니다."

남자의 이름은 아마노였다. 관장이 남자에게 미리 자세하게 설명을 해둬서 다행이었다. 나이는 서른이고, 동급생이었던 두 사람은 집이 가까워서 초등학교와 중학교까지 매일 등교도 같이했다고 한다.

대화를 시작하자마자 "다케시와 친하게 지냈어요. 그러다가 중학교 때부터는 조금씩 서로 어긋나서 멀어졌고, 미안하지만 지금은 어디 사는지도 모릅니다"라는 말부터 하는 바람에 내심 기운이 빠졌다.

"조금씩 서로 어긋났다고요?"

"다케시가 기타를 치기 시작했거든요. 그 녀석, 연습도 열심히 해서 꽤 잘 쳤어요. 검도부에 들어가 놓고 동아리는 땡땡이치고 기타만 치더라고요. 검도를 안 한다고 큰일이 나는 것도 아니고, 별로 엄격한 동아리도 아니어서 고문을 맡았던 선생님도 딱히 뭐라고 하지는 않았어요. 다만 아버지가 화가 단단히 나셨죠. 다케시네 아버지가 굉장히 엄하셨거든요. 검도도 잘하셨고요. 아마 단도 따셨을 거예요. 시합 전에는 아침 훈련이라며 억지로 연습까지 시키셨죠. 하지만 친구인 제가 봐도 다케시는 검도와는 전혀 맞지 않았어요. 다른 사람과 대결하는 거 자체에 관심이 없었거든요."

오이카와는 혀를 끌끌 찼다.

"그러다가 중2 문화제 때 그 녀석이 밴드 공연에서 기타를 치면서 갑자기 주목을 받기 시작했어요. 평소엔 말도 잘 안 하는 녀석인데, 그날은 엄청나게 멋있었어요. 이러니까 검도 대신 기타를 택했구나 싶었죠."

잘 안다. 그래서 길을 잘못 들었군, 오이카와는 그렇게 생각했다. 자신은 중학교 문화제에서 만담과 콩트를 선보였다. 다들 정신없이 웃었다. 체육관 안이 뜨겁게 달아올랐다. 자신이 한마디 할 때마다 웃음이 빵빵 터졌고 교장 선생님도 배를 잡고 웃었다. 개그맨을 꿈꾸며 친구와 둘이서 콤비 이름까지 정했다. "야, 오잇치, 내년에도 문화제 기대할게"라는 친구들의 말에 "물론이지, 나만 믿어"라고 대꾸한 뒤로, 공부는 내팽개치고 개그에 열을 올렸다. 웃음의 신은 우리 편이다. 앞으로 일본을 대표하는 개그맨이 될 거라고 믿어 의심치 않았다.

그때는 좋았다.

……어쩌다 이렇게 됐을까.

"그때까지 다케시는 차분하고 말수도 적어서 눈에 띄지 않던 애였는데, 밴드가 크게 주목을 받으니까 단번에 우리 학교 스타가 됐어요. 일단, 여자애들이 그냥 놔두지를 않더라고요. 어둡던 애에서 쿨한 애로, 우리 학년에서 제일 인기 많은 남자로 등극했죠. 저는 다케시와 계속 친했으니 잘됐다고 생각했지만, 서로 차이가 생기니까 조바심이 나고 대화도 겉돌면서 조금씩 멀어지게 되더라고요. 그렇지만 지금도 다케시가 밉지는 않아요. 아버지의 카메라를 전해줄 수 있으면 좋겠네요."

학년에서 제일 인기가 많았다는 점까지 오이카와와 똑같았다. 아이돌처럼 예쁘게 생긴 여자애와 옆 학교에서 일부러 찾아온 여자애가 교문 밖에서 오이카와가 나오기만 기다릴 정도였다. 다케시도, 자신도 중학교 시절이 인생의 황금기였다고 생각하니 가슴 한구석이 찌릿찌릿했다.

"당시 사진입니다"라며 아마노가 보여준 다케시의 옛날 사진은 아버지가 찍은 것과는 완전히 달랐다. 앞머리가 길고, 기다란 앞머리 사이로 드러난 공허한 눈동자가 대각선 방향으로 나른한 눈빛을 던지고 있었다. 남성미가 돋보이는 턱과 기다란 외꺼풀 눈. 팔에는 유연한 근육이 붙어 있고, 가죽 바지가 가느다란 다리를 감쌌다. 신발은 비비안 웨스트우드의 로킹호스. 도도하면서도 남성적인 매력을 동시에 발산하는 중학교 2학년을 보고 입이 쩍 벌어졌다. 딱 봐도 인기가 많았을 것 같았다.

"지금 다케시가 사는 집 주소는 모르지만, 중학생 때 다케시와 사귀었던 애랑은 SNS로 연결돼 있으니까 한번 물어볼게요."

아마노가 스마트폰을 꺼내더니 상황을 설명하기 위해 긴 문자를 입력했다. 됐다, 하며 확인 버튼을 눌렀다.

얼마 후에 당시 다케시의 여자 친구로부터 전화가 걸려

왔다. 전화 통화라도 괜찮다면 잠깐 시간을 낼 수 있다고 했다.

통화 속 목소리는 듬직한 엄마 같은 느낌이었다. 아이가 뒤에서 시끄럽게 떠들어 댔다. 애니메이션 음악 소리도 들렸다.

가게 안에서 통화하려니 불편해서 오이카와는 아마노에게 양해를 구하고 밖으로 나갔다.

"아, 전화 바꿨습니다. 오이카와라고 합니다. 연락해 주셔서 감사합니다."

"아마노에게 얘기 들었어요. 다케시라는 이름은 정말 오랜만이네요……."

오랜만이라는 걸 보면 지금은 연락이 안 되는 걸까. 전화기 너머의 여자가 오에라고 자기 이름을 밝혔다.

"사귄 건 맞는데요, 중학생 때다 보니 어른의 연애와는 달라서 손도 안 잡고 그냥 나란히 걷기만 하던 가벼운 사이였어요. 고등학생이 되고서도 잠깐 더 만났는데, 다케시가 본격적으로 밴드 활동을 시작하면서 라이브 하우스 같은 데를 자주 들락거리게 됐거든요. 저녁형 인간이 돼버려서 학교도 자주 빠지고, 이야기도 잘 안 통하고 그랬어요."

"그랬군요. 다케시 씨가 음악의 길로 들어섰군요."

"그때 아버지가 심하게 반대하셨어요. 다케시가 크게 반항했던 기억이 나요. 아버지는 내 마음을 절대로 이해 못한다면서."

그랬다. 오이카와 자신도 고등학교를 졸업하자마자 개그맨이라는 꿈을 좇아 개그맨 양성소에 들어갔는데 그때 끝까지 강경하게 반대했던 사람이 아버지였다. 아버지는 거듭 말했다. "잘 들어라. 네 개그는 시골 중학교 문화제에서나 통하는 거다."

"'네 기타 실력이 인기를 끈 건 여기가 시골이기 때문이다'라고 질책하셨대요. 그렇다면 도쿄로 가서 자기 실력을 확인해 보겠다며 다케시는 더더욱 기타에 빠져들었죠. 도쿄에서 종종 연주했던 라이브 하우스랑 밴드 이름은 기억이 가물가물하네요. 바로 찾아보고 연락드릴세요"라고 오에가 말했다. 오이카와는 그에게 전화번호를 알려주었다.

뭐야, 다케시. 왜 이렇게 나랑 닮은 거야.

그렇게 생각하자 다케시에게 조금이나마 친근감이 느껴졌다.

해가 질 무렵, 거울 같은 빌딩 창문에 반사된 저녁노을이 무척 아름다웠다. 다케시도 붉게 물든 거리를 바라보며 내 인생은 여기서 끝이 아니라고 다짐했을지도 모른다고 생각하니 어울리지 않게 감상에 젖었다.

떠올리고 싶지 않은 일투성이인 오이카와의 인생에서 중학교 시절 체육관에서 사람들을 웃게 했던 일은 무엇과도 바꿀 수 없는 소중한 기억이었다. 마찬가지로 다케시에게도 중학교 문화제에서 연주했던 경험은 값진 추억으로 남아 있겠지.

그러나 만약에.

그때부터 실패해서 웃음을 끌어내지 못했더라면, 체육관 분위기가 싸늘하게 얼어붙었더라면, 지금처럼 살지는 않았을 것 같았다. 찬란하게 빛나는 순간의 그 맛을 몰랐다면, 지금쯤 평범하게 회사에 다니고 아이를 키우고 아내와 맞벌이해서 내 집도 장만하고…….

아니다, 그건 아무도 모르는 일이다. 찬란하게 빛나는 순간을 경험해 보지도 못한 채로 이렇게 살고 싶지는 않았다고 후회했을지도 모른다.

오이카와는 동급생 중 누구와도 연락을 하고 있지 않지만, 체포 당시 이름이 공개되었기 때문에 지금쯤 동창회 같은 데서 "설마 그 녀석이 그럴 줄은 몰랐네"라며 안줏거리로 오르내리고 있을 것이다.

아마노에게도 고맙다고 인사를 하고 헤어졌다.

좀 전에 통화했던 다케시의 전 여자 친구, 오에에게서 문자가 왔다. 라이브 하우스 SEVEN CUBE, 밴드 이름 from R'lyeh. 어떻게 읽는 거지? 알예? 자세히 보니 발음까지 적혀 있었다. 프롬 르리에의 다쿠TAK라고 하면 알 거라고 했다. 오에는 그 라이브 하우스가 지금도 고엔지[✦]에서 영업 중이라는 사실까지 확인해 주었다.

라이브 하우스에서 일하는 여자에게 물어보면 될 거라는 말도 그 문자에 나와 있었다.

현재 단서는 라이브 하우스가 유일했다. 전화로 이야기하면 수상쩍어 보일 테고 갑자기 찾아가면 그날 공연을 보러 온 관객밖에 없을 듯해 밑져야 본전으로 자신이 누구인지와 오자키 가즈요시와 카메라에 관한 이야기와 다케시를 찾게 된 사정을 정중히 밝히고, 프롬 르리에의 다쿠를 아는 사람이 없는지와 어떤 정보라도 괜찮으니 도와달라고 썼다. 거기에 증거가 될 만한 카메라와 앨범을 찍은 사진까지 첨부해서 라이브 하우스 쪽에 메일을 보냈다. 그러자 뜻밖에도 즉시 전화가 걸려왔다. 라이브 하우스 관계자의 지인 중에 다케시와 오랫동안 같이 살았던 여자가 있다

[✦] 라이브 하우스가 여럿 있는 도쿄 언더그라운드 문화의 중심지.

고 했다. 괜찮으면 내일이라도 만날 수 있다고 해서 고엔지에 있는 그 라이브 하우스로 4시에 방문하기로 약속했다.

어둠이 내려앉기 전의 라이브 하우스는 왠지 조금 서글펐다. 사는 게 지긋지긋했던 페인트공이 페인트 통을 마구 집어던진 것처럼 온갖 원색으로 칠해진 벽도 색이 바랜 듯 보였다. 그 벽 앞에 나이를 짐작하기 어려운 여자가 서 있었다. 자를 대고 일직선으로 자른 듯한 앞머리와 눈가를 둘러싼 짙은 감색 아이섀도, 선명한 노란색과 보라색이 반씩 섞인 옷에, 나이도 그렇고 설마 이 사람은 아닐 거라고 생각한 순간 "오이카와 씨 맞나요?"라며 상대방이 먼저 말을 걸었다. 옷차림도 화려하고 얼굴도 젊어 보였지만 손과 목소리는 사십 대쯤 된 것 같았다. 서로 자기소개를 하고 지금까지의 사정을 설명했다. 여자의 이름은 사카이였다. 오이카와는 태연스레 볼펜형 카메라를 켰다.

그러고는 "저기, 다케시 씨…… 그러니까 다쿠 씨 얘기를 좀 들어보고 싶은데요"라고 말을 꺼내자 사카이가 "여기서 말하긴 좀 그러니까"라고 해서 근처 술집으로 들어갔다. 사카이는 술을 좋아하는지 맥주 두 잔을 연거푸 비웠고, 오이카와는 그가 쉴 새 없이 뿜어대는 담배 연기 때문에 몸에서 담배 냄새가 날 것만 같았다.

"다쿠와 난 같이 살았어요"라며 말문을 연 여자가 자신은 회사를 경영하고 있으며 재정 상태도 썩 좋은 편이어서 다케시에게 아파트를 사주고 거기서 살게 했다고 말했다. 자신은 별도의 자택에 살면서 다케시가 사는 아파트에 드나들었다는 말을 들었을 때는 놀라서 입이 다물어지지 않았다.

사카이가 당시에 찍은 사진도 보여줬지만, 밴드 멤버들 중 누가 다케시인지 한눈에 알아볼 수 없었다. 사진을 자세히 들여다보니 듬직한 턱선은 예전 그대로인데, 이른바 비주얼계[✧] 분장을 하고 있었다. 까만 옷에 은색 렌즈를 끼고, 머리는 보라색으로 염색한 데다가 화장도 진하게 한 이 모습을 고지식하기 이를 데 없는 오지키가 봤다면 노발대발했을 것이 불 보듯 뻔했다.

"다쿠는 누구에게도 집착하지 않는 사람이었어요. 맹렬하게 애쓰는 남자들 사이에서 이질적인 존재였죠. 누구에게도 집착하지 않는다는 건 바꿔 말하면, 누구도 사랑하지 않는다는 거예요. '헤어지자'라고 하면 단박에 '그러자'라

[✧] 일본 음악계, 특히 록 밴드에 존재하는 양식 중 하나로 현란한 화장과 차림새가 큰 특징이다. 축약하여 V계라고도 부른다.

고 할 것 같고, 그걸 아니까 헤어지자는 말도 할 수 없었어요. 그런데요, 날이 갈수록 같이 있는 게 고통스러웠어요."

"그렇습니까?"

"다른 여자가 가자고 하면 태국 여행까지 스스럼없이 따라갔어요. 그 사람, 굉장히 인기가 많았거든요."

옛날을 그리워하는 투로 말해서 의외라고 생각했다. 보통은 자기 애인이 다른 여자와 여행을 가면 난장판이 되고도 남는다.

오이카와는 "그러셨군요…… 힘들었겠네요"라고 대꾸하는 게 고작이었다.

"아뇨, 힘들지 않았던 건 아닌데, 솔직히 죽을 만큼 힘들지도 않았어요. 다쿠가 다른 여자에게도 관심이 없다는 건 내가 제일 잘 알았고, 뭐랄까, 하늘에서 땅으로 떨어져 마지못해 사람들과 어울려 살아야 하는, 칠흑같이 어두운 날개를 단 천사 같은 사람이라서……."

그렇게 말하며 사카이는 천사를 좇는 듯한 눈으로 위쪽을 지그시 바라보았다. 흠, 사귄 건 맞지만 다케시를 완전히 자기 것으로 만들지는 못했군. 그나저나 알뜰살뜰 보살펴 주고 아파트까지 사줘도 사람의 마음을 소유할 수는 없구나.

대화가 끊겨서 앨범을 꺼냈다. "다케시 씨의 어릴 적 사진인데, 보실래요?"

사카이는 앨범을 펼치려는 오이가와를 가로막너니 "안 볼래요" 하며 웃음을 흘렸다.

"그 사람에게 아버지가 있다는 말을 들었을 때도 믿기지 않고 당황스러웠어요. 아버지가 계셨구나…… 지금도 여전히 다쿠는 어느 날 갑자기 빛 속에서 눈을 떴을 것 같은 느낌이 남아 있거든요." 그렇게 말하는 걸 듣자 이건 뭐, 교주와 신자 관계 같다고 생각했다.

"요즘 V계…… 비주얼계 밴드 멤버들은 팬 서비스도 좋고, 돈만 내면 즉석에서 사진까지 찍어주는 사람도 있어서 일상과 연결된 느낌이 있거든요. 그렇지만 프롬 르리에는 달랐어요. 암흑이 지배하는 세상에서 지상에 내려온 4인조라는 세계관을 전면에 내세운 밴드였죠. 뒤풀이 같은 데를 가보면 다른 멤버들은 살아 있는 인간이라는 느낌이 전해졌지만, 다쿠는 아니었어요. 완벽했어요. 뭐랄까, 진짜 인간 같지 않다고 해야 할까. 나는 그 천사를 모시도록 허락된 유일한 인간이었다고 지금도 자부하고 있어요."

천사라니, 말도 안 됩니다, 이 앨범을 봐요, 검도 시합에서 지고 아버지에게 혼나서 울고 있잖아요, 라고 참견하려다가 남의 환상을 깨뜨리면 안 될 것 같아 입을 다물었다.

"혹시 다케시 씨가 음악 활동을 한 게 언제부터 언제까지였는지 알 수 있을까요?"

그게…… 사카이가 기억을 더듬어 가며 가르쳐 주었다. 그 정보를 바탕으로 계산하면, 고등학교를 졸업하자마자 집을 나와 도쿄로 와서 아르바이트를 병행하며 라이브 하우스에서 연주를 시작했으니 열여덟부터 스물여덟까지 밴드에서 활동한 셈이었다. 10년인가…….

"밴드는 해체했습니까?"

"그렇죠. 인기는 있었지만. 관두기 2년 전쯤부터 멤버들끼리도 삐걱댔거든요."

"서로의 음악성이 달라서요?"

"무슨 일이든 물러날 때가 있는 법이잖아요. 여행에는 끝이 있기 마련이죠. 다쿠가 속해 있던 밴드 멤버들이 조금씩 나이를 먹은 탓도 있고요. 그 사람은 일평생 음악을 하면서 살고 싶어 했지만요. 이 업계에서 그게 어디 쉬운 일인가요. 실력 하나는 정말 끝내주는 사람이었어요. 그렇지만 실력만으로 결정되는 게 아니니 무서운 거죠……."

그렇다. 성공할지 실패할지 예측할 수 없다. 오이카와도 그 마음을 아프리만치 잘 알았다.

음악도 마찬가지겠지만, 개그의 세계에서도 인기를 얻고 못 얻는 기준이 뭔지 궁금하던 시절이 있었다. 자신도 실력은 있지만 끝내 인기 없는 무명 개그맨 신세에서 벗어나지 못했다. 그런가 하면 자기보다 실력도 없고 기세만 넘치던 녀석이 일약 인기 개그맨이 되기도 했다.

실제로 학교 공부는 웬만큼 노력하면 성적이 올라간다. 열심히 노력했더니 오히려 성적이 확 떨어졌다는 말은 들어보지 못했다. 그러나 음악이나 개그처럼 재능이 필요한 세계에서는 노력이 결과를 보장해 준다고 단언할 수 없다. 오이카와는 노력한 만큼 성공한다면 자신은 진작에 천하를 거머쥐고도 남았을 거라고 생각했다.

신은 잔혹하다. 애초에 문을 열어줄 마음이 없으면서 중학교 문화제기 열렸던 그날 딱 히루만은 왜 그토록 체육관을 뜨겁게 달구게 했단 말인가.

다케시도 자신처럼 10년이라는 시간이 지나는 사이에 기력이 떨어진 게 분명하다.

한여름의 주인공은 구석에서 터지는 작은 불꽃들을 배경 삼아 밤하늘에 커다란 꽃을 피우는 대형 불꽃이다. 저 불꽃 참 예쁘다고 말할 때, 구석에서 사라져 가는 작은 불꽃을 기억하는 사람은 아무도 없다.

무슨 일이든지 그만둘 때가 있다. 10년이 지나 다케시에게도 그날이 찾아온 것이다.

이봐, 다케시, 10년 동안 어땠어? 오이카와는 그렇게 물어보고 싶었다.

"그러다가 다쿠가 점점 병들어 가는 게 눈에 보였어요. 사소한 일에 화를 내고, 아침에도 잘 못 일어나고, 우울해하고. 저기, 지금부터 하는 얘기는 아무한테도 말하지 않았으면 좋겠는데요……"라며 사카이가 오이카와를 빤히 올려다보았다.

"비밀은 지킵니다"라고 대답했다.

사카이가 목소리를 죽였다.

"밴드 활동을 그만둘 무렵부터 다쿠는 조금씩 이상해졌어요. 집을 나서던 다쿠가 쓰레기 수거장에 작은 쓰레기봉투를 버리는 걸 아파트 창문에서 우연히 보게 됐어요. 뭔가 잘못됐다 싶었죠. 쓰레기 같은 걸 버리러 가는 사람이 아니었거든요. 내가 보면 안 되는 물건이구나 싶더라고요. 근데 당연히 궁금하잖아요, 뭘 버렸는지."

"그렇죠."

"그래서 밖에 나가 쓰레기봉투 안을 살펴봤어요. 그랬더니……. 빈 알약 포장지만 가득했어요."

감춰야 하는 약이라면 그게 뭔지 짐작이 가고도 남는다.

"그래서 어떻게 했습니까?"

"깜짝 놀라서 그냥 뒀어요. 열어보기 전부터 왠지 불길한 예감이 들어서 쓰레기봉투만 만졌거든요. 최악의 상황에 무슨 일이 생기더라도 안에 든 포장지에는 내 지문이 남지 않도록 조심했어요."

"그 일에 관해 다케시 씨하고 이야기는 해봤나요?"

"아뇨. 말도 하기 전에 다쿠가 훌쩍 떠나버렸어요. 그때까지 반복되던 생활이 마치 꿈이었던 것처럼 하루아침에 쏙…… 사라졌어요. 원래부터 그 사람은 짐도 별로 없었기 때문에 내 일상에서 다쿠라는 요소 하나만 투명해진 느낌이었죠."

"그렇군요……. 그러면 지금 어디에 있는지는 모르시겠네요."

"같이 활동했던 밴드 멤버라면 뭔가 알 수도 있으니까 연락해 볼게요"라며 사카이는 어딘가로 전화를 걸었다.

사카이에게 사정을 들으며 오이카와는 일이 점점 이상해지고 있다고 생각했다.

어쩌면 오자키가 아들이 이러고 살았던 걸 모르고 죽어서 다행인지도 모르겠다는 생각마저 들었다.

사카이가 "얘기했어요"라며 전화를 바꿔주었다. 전화 상대는 지하라라는 남자였다. 사카이 말로는 프롬 르리에서 베이스를 맡았다고 한다. 전화로 약속 장소를 정했다. "너무 늦어지면 안 되는데, 괜찮으십니까?"라고 남자가 물었다. 오이카와는 "예, 물론이죠"라고 대답하고 전화를 끊었다.

술집을 나서며 사카이가 "혹시 다쿠의 행방을 알게 돼도 나한테는 연락하지 않아도 돼요"라고 해서 의외였다. 집을 사주고 몇 년이나 경제적인 뒷바라지까지 해줬는데 말 한마디 없이 사라진 남자다. 몇 마디 원망이라도 퍼붓고 싶지 않을까.

"그 사람이 누군가와 결혼해서 아이가 둘이나 있고, 토요일이면 집 근처 쇼핑몰의 푸드 코트에서 라면을 먹거나 물티슈로 아이의 입가를 닦아준다. 이런 건 보고 싶지도, 알고 싶지도 않거든요. 그 사람이 훌쩍 사라졌을 때는 물론 엄청 슬펐지만, 지금은 그게 그 사람다운 행동이었다고 받아들이게 됐어요."

사카이에게 감사 인사를 건네고 헤어졌다. 술집 호객꾼을 피하며 역까지 걸어갔다. 오이카와는 걸음을 옮기면서 좀 전에 사카이가 했던 말을 떠올렸다.

―무슨 일이든 물러날 때가 있는 법이잖아요. 여행에는 끝이 있기 마련이죠.

'여행에는 끝이 있기 마련'이라……. 오이카와는 지난날을 회상했다. 그가 스물아홉 살이던 해의 일이다. 아직 괜찮다, 삼십 대, 사십 대에 데뷔한 사람도 있다는 말로 중학교 때부터 콤비였던 곳피를 붙들었지만 "아이가 생겼어…… 지금 도모코 배 속에 4개월 된 아이가 있어. 미안하다"라는 대답에 깨끗이 콤비를 해체했다.

곳피는 둘이 같이 갔던 목욕탕에서 뚱뚱한 아저씨의 등에 그려진 엄청난 문신을 보고 "이야, 아저씨, 굉장한 문신이네요, 피카츄 맞죠?"라고 입을 놀렸다가 옆에 있던 오이카와가 "호랑이잖아, 이 멍청아!"라고 지적하기도 전에 흠씬 두들겨 맞고 욕딩에 머리부터 저박혔던 역사를 사랑하는, 눈과 입이 바로 연결된 타입의 바보였다. 그 문신이 아저씨의 불어난 몸과 흐려진 색상에 피카츄를 많이 닮긴 했지만, 그렇다고 앞뒤 안 가리고 함부로 나서다니 한심하기 짝이 없었다. 이 녀석과 짝을 이룰 사람도, 이 녀석의 장점을 살릴 수 있는 사람도 자신뿐이라고 믿었다. 그런 곳피의 입에서 "저기, 오잇치, 너도 곧 서른이잖아. 서른이 넘으면 다른 일을 찾기도 쉽지 않다는 건 너도 잘 알 거야. 바로 지금이 우리가 물러설 타이밍이야……"라는 진지한 충고가 흘러나왔을 때는 솔직히 힘들었다.

그만두고 싶으면 그만둬, 난 계속할 거니까, 라며 다른 녀석과 다시 콤비를 꾸릴 계획이었다.

탕 하는 총소리가 울리자마자 출발한 선두 그룹은 벌써 결승점 앞에 서 있고, 지금부터 자전거…… 아니, 제트기를 타고 따라가도 일등은 할 수 없다는 사실을 자신도 어렴풋이 알아차려 버렸다.

어쩌면 이제 난 글렀는지도 모른다는 생각이 희미하게 들더니 바닥으로 떨어지는 데까진 그리 오랜 시간이 걸리지 않았다.

11년 동안 계속했던 개그맨 생활을 접고 나자 오이카와에게 남은 것은 아무것도 없었다. 넌 이 업계에 필요 없는 놈이다, 라며 웃음의 신에게 불합격 통지서를 받은 듯한 기분이었다.

중학교 문화제 이후로 한눈 한번 팔지 않고 걸어왔던 세계의 문이 굳게 닫혔다고 해서 당장 보통 사람들과 같은 길로 돌아갈 수는 없는 노릇이었다. 지금까지의 실점을 만회하고 개그맨이 아닌 다른 길에서 형세를 뒤집기에는 머리도, 능력도, 근성도 부족했다. 정공법으로는 돌파할 수 없음을 깨달았다. 지난날의 패배를 단번에 뒤집고 대박을 터트릴 방법을 찾다가 기어이 체포까지 당하고 말았다.

다케시는 지금 어떻게 살고 있을까.

프롬 르리에의 멤버였던 지하라와 만나기로 한 장소로 가기 위해 역 안으로 들어섰다. 전철을 기다리던 사람들은 "'꿈에서 물러나야 할 때' 같은 건 한 번도 생각해 보지 않았습니다. 옛날부터 인생 계획을 철저히 세워 계획한 대로 진학하고 구직 활동도 열심히 했죠"라는 얼굴로 줄을 지어 차례차례 차량에 올라탔다. 어디까지나 자신이 마음대로 상상했을 뿐, 이들 중에도 높이 날아오르고 싶었지만 도중에 기력이 떨어진 사람도 있을지 모른다.

그 사람들을 따라 전철 안으로 들어간 오이카와는 거울 같은 차창에 비친 자신과 눈이 마주쳤다. 얼굴에 그림자가 드리워져서인지 지친 중년 남자로만 보였다. 완충재로 싼 카메라와 앨범이 갑자기 더 무거워진 것만 같았다.

약속 장소는 고엔지에서 몇 정거장 떨어진 역 앞의 프랜차이즈 카페라 알기 쉬웠다. 다른 사람과 헷갈리지 않도록 이쪽의 옷차림을 미리 알려주었다. 카페 입구 근처에 서 있던 남자가 "앗" 하는 표정으로 스마트폰을 주머니에 넣는 걸 보니 그가 지하라인 듯했다. 태연하게 가슴에 손을 대며 볼펜형 카메라의 전원을 켰다.

약속 장소에서 지하라를 본 순간 내심 놀랐지만 내색하지 않으려고 조심했다. 프롬 르리에의 멤버였던 은발의 사우전드thousand는 어디 가고, 안경을 쓰고 머리가 벗겨지고 배도 나오고 얼굴도 기름진 순도 100퍼센트의 뚱뚱한 아재가 거기 있었기 때문이다.

"지하라입니다, 반갑습니다." 이거 원 참, 하며 인사하는 아저씨들 특유의 몸짓까지 몸에 배어 있었다.

두 사람 다 아이스커피를 주문했다. 지하라는 단것을 좋아하는지 아이스커피에 시럽을 듬뿍 쏟아부었다.

"그 시절이 그립네요." 지하라가 감개무량한 표정으로 말했다.

"이제 음악 활동은 안 하십니까?"

오이카와의 물음에 지하라는 손수건으로 얼굴의 땀을 훔치며 빙그레 웃었다. "아이 어린이집 행사 때 끌려 나가서 종종 합니다." "예전 밴드 곡을요?" "아뇨, '호빵맨' 주제가 같은 거요."

그렇구나……. 프롬 르리에의 곡 〈잔향―닫힌 방 안에서 너는 울부짖고〉와는 영 딴판이구나.

지하라는 좋은 아빠처럼 보였다. 가정도 화목하고 곧 둘째가 태어난다며 입가에 미소를 머금었다.

툭 튀어나온 지하라의 배를 보며 이제 이 사람은 누구 앞에서도 자신을 꾸밀 필요가 없구나, 하고 생각했다.

다케시의 전 애인 사카이에게 들었던 말이 이제야 이해가 갔다. 팬으로선 기분이 묘하리라. 다른 세상에서 이 땅에 내려온 프롬 르리에의 멤버가 검은 날개를 펄럭이며 다시 이전 세상으로 돌아갔기를 바랄 테니까.

한 차례 세상 돌아가는 이야기를 나눈 다음에 "그나저나 다케시 씨 말인데요" 하며 본론으로 들어갔다.

커피를 마시던 지하라의 표정이 어두워졌다.

"다케시는 멤버들 앞에서도 속마음을 완전히 털어놓진 않았어요. 형식적으로 내보이는 부분은 있었지만요. 기타 실력은 전문가들 사이에서도 인정받는 실력파였어요. 사람들과 깊이 사귀는 성격은 아니었고요. 그래서 다케시가 고민하고 있을 때, 연장자였던 우리가 뭐라도 도와줄 수 있었더라면 좋았을 거라고, 지금도 그런 생각을 해요."

"다케시 씨가 고민하고…… 있었다는 건?"

지하라는 "자세한 사정은 모르지만 여기저기서 돈을 빌렸거든요. 안 좋은 소문도 돌았고……"라며 말끝을 흐렸다. 아마도 약물과 관련된 소문일 것이다.

"다케시는 점점 변해갔어요. 원래 차분한 녀석이었는데 툭하면 성질을 부리고. 하루는 땀을 뻘뻘 흘리길래 어디가 아픈 건 아닌지 걱정돼서 손을 내밀었더니 만지지 말라고 고함을 지르질 않나. 정신과에 다닌다는 얘기도 들리더군요. 어떻게든 도와주고 싶었지만 다케시가 통 마음을 열지 않아서 어쩔 도리가 없었어요."

"다케시 씨와 사카이 씨가 한집에서 사셨다면서요?"

"맞아요. 그런데 어느 날 갑자기 집을 나가버렸죠. 저희도 책임감을 느꼈어요. 우리가 다케시를 위해 해줄 수 있는 건 없었을까. 우리가 다케시를 더 잘 챙겨줬더라면 어땠을까. 우리 말고 다른 사람들과 밴드를 꾸렸더라면, 이런 생각까지 했었죠. 이제 와서 돌이킬 수는 없지만요."

지하라가 괴로운 표정을 지었다.

"지금, 아무런 연락이 없는 게 다케시의 대답이 아닐까요. 음악업계 사람들과 연을 싹 끊고서 어딘가로 사라져 버렸거든요. 떠나기 전의 다케시는 재정적으로 곤란한지 여기저기서 돈을 끌어모으고 있었어요. 사카이 씨 아파트에서 나간 뒤로 지방에서 막일로 먹고산다는 소문도 있었죠. 그 녀석이 육체노동이라니, 지금도 믿기지 않아요…….

저도 얼마쯤 빌려줬지만, 돌려받을 생각은 없었어요. 다케시에게 도움이 된다면 이 정도는 괜찮다고 생각했는데, 지금으로부터 1년 전쯤에 다케시가 빌려간 돈을 보내왔어요. 다른 멤버들 돈도 갚았다고 하더군요. 보낸 사람 이름은 다케시라고 적혀 있었지만, 주소는 엉터리였어요. 다케시는 세상과 동떨어진 것 같으면서도 성실한 면이 있었어요. 정말 그 녀석답다고 생각했죠."

얼음이 녹아버린 아이스커피는 흙탕물처럼 변했다. 한동안 두 사람은 묵묵히 그 컵만 쳐다보았다.

"다케시가 뭘 하고 싶었는지 저는 전혀 모르겠어요. 이상하게 들리겠지만, 현재 다케시가 살았는지 죽었는지도 모릅니다. 공항에서 다케시를 닮은 사람을 봤다며 게시판에 글을 올린 팬도 있었고, 다케시가 외국으로 떠났다는 소문도 듣긴 했어요. 다케시가 연주했던 섬세한 기타 선율은 지금도 가끔 생각이 나는데, 듣는 사람의 마음을 울릴 정도로 멋졌어요. 실력도 좋고 외모도 출중했지만, 운이 없었죠. 다른 멤버들은 몰라도 다케시만은 프로의 세계에서도 살아남을 거라고 다들 믿었는데."

해체된 프롬 르리에의 멤버 중 한 명은 행방이 묘연하고, 다른 한 명은 어린이집 행사에서 호빵맨 주제가를……. 이렇게 생각하니 인생이란 참 알 수 없구나 싶었다.

행복이란 뭘까. 다케시가 과거에 같이 활동했던 지하라의 현재 모습을 본다면 어떤 표정을 지을까. 흐뭇하게 웃어 보일까, 모멸에 찬 눈빛으로 혀를 찰까. 어쩌면 다케시가 행복에 겨운 지하라의 모습을 봐버렸기 때문에 우편으로 돈만 보낸 건 아닐까…… 이건 너무 지나친 생각일까. 만에 하나 자신이 체포되더라도 지하라와 다른 멤버들이 의심을 사는 일이 없도록 일부러 연을 끊었다면.

"그런데요, 건너 건너 아는 지인 중에도 다케시에게 돈을 빌려준 사람이 있어요. 그 사람이 어디 사는지도 모르는 놈한테는 돈을 빌려줄 수 없다고 하니까 다케시가 주소 하나를 적어주더랍니다. 아마도 그게 다케시의 마지막 발자취인 듯해요. 이게 그 주소예요. 물론 지금은 딴 데로 떠났을 가능성도 있지만요"라며 지하라는 스마트폰으로 사진을 보여주었다.

"알겠습니다. 제가 찾아보겠습니다."

오이카와는 그 주소를 받아 적었다. 호실이 적혀 있는 걸 보니 공동 주택인 듯했다. 오늘은 시간이 늦어서 내일 찾아가기로 마음먹었다.

드디어 오자키의 유품과 똑같이 생긴 카메라가 집으로 배달되었다. 두 대를 나란히 놓고 보면 모양은 똑같지만 가격은 열 배 이상 차이가 난다. 유품과 바꿔치기할 요량으로 구입한 카메라도 제법 비쌌다. 아무래도 나중에 검은색으로 덧칠한 듯했다. 최종적으로 다케시에게 돈을 청구할 때는 이 카메라 비용까지 얹어서 청구할 생각이었다. 다케시가 아버지의 유품 카메라에 대해 알고 있을 만일의 사태에 대비해서 오자키에게 받은 카메라도 같이 가져가기로 했다.

 다케시가 유품 카메라의 희귀성을 알고 있더라도 딱히 문제는 없다. 자신이 거금을 빌려줬다고 부풀리면 된다. "오자키 씨가 갚아야 할 돈 대신에 이 카메라를 줬습니다……"라고 능청스레 둘러대면 그만이다. 컴퓨터로 가짜 차용증을 만들어서 그럴싸해 보이게 날짜도 써넣고, 운송장에 적혀 있던 오자키의 이름을 그대로 본떠서 만든 싸구려 도장도 찍었다. 만약 그런 돈은 못 준다며 협상이 결렬되면 이 카메라를 고대로 갖고 와서 팔아치우면 된다. 이러나저러나 자신이 손해 볼 일은 없다.

 남들과 똑같이 살아서는 돈을 벌지 못한다. 개그맨으로서의 성공과 실패도, 돈을 많이 벌고 못 버는 것도 죄다 변

덕쟁이 신이 과녁을 향해 던진 화살에 달렸다. 전부 운이다. 마침내 그 운이 내게로 왔다, 내 인생에도 해 뜰 날이 찾아오다니. 열심히 노력했지만 끝내 이루지 못한 꿈을 좀 보라지. 그런 생각을 하자 문득 모든 게 허무해졌다. 이럴 때는 역시 돈이 최고다. 돈만 손에 들어오면 이런 허무함도 사라질 거라고 오이카와는 자기 뺨을 찰싹찰싹 치면서 힘을 불어넣었다.

어차피 다케시는 저녁형 인간이니까 오전에 가봤자 헛걸음일 테고, 저녁에는 일하러 나갈 수도 있으니까 오후쯤 도쿄에 있는 그 집을 찾아가기로 했다. 스마트폰 지도 앱으로 검색해 보니 오래된 2층짜리 연립 주택이 나왔다.

지도 앱이 알려준 곳은 라이브 하우스와는 거리가 멀어 보이는 한적한 서민 동네였다. 할머니가 보행 보조기를 밀며 느긋하게 산책할 것 같은 분위기에, 오래된 채소 가게와 반찬 가게가 늘어선 낡은 상점가도 있고, 어디선가 고기 굽는 냄새가 풍겨오는, 그런 거리였다.

오이카와가 찾는 집은 상점가에서 조금 떨어진 주택가 안쪽에 있었다. 외관도 낡고 자동 개폐 장치나 번듯한 현관홀과는 무관하게 현관문만 다닥다닥 붙어 있는 연립 주택이었다. 현관문에는 요즘은 찾아보기도 힘들뿐더러 세월의 흔적이 고스란히 묻어나는 동그란 은색 손잡이 하나가 전부였다. 1층 베란다에서는 누군가의 라운드 넥 셔츠와 작업복 바지가 바람에 날리고 있었다.

오이카와는 다케시를 만나면 경비와 물건값을 확실히 받아낸 다음, 지금까지 어떻게 지냈는지 이야기를 들어보고 싶었다. 다케시의 흔적을 찾아다니다 보니 어쩐지 자신의 지난날을 돌아보는 듯한 기분이 들었기 때문이다. 꿈을 잃고 자포자기해서 말썽을 일으키고, 결국에는 모두와 연락을 끊었다. 지금은 외톨이다. 나도, 다케시도.

얼굴을 마주 보고 나는 네 마음을 다 이해한다고 말하지는 못하겠지만 전부를 걸고 도전했다가 끝끝내 꿈을 접어야만 했던 사람들끼리 통하는 게 있을 거라는 생각이 강하게 들었다. 웃음의 신과 음아이 신에게 선택받지 못한 두 사람. 술잔을 기울이며 서로의 푸념은 들어줄 수 있을 것 같았다. 그렇다고 경비를 깎아줄 마음은 손톱만큼도 없지만. 오이카와는 그런 생각을 하며 가슴에 꽂아둔 볼펜형 카메라를 켜고 초인종을 눌렀다. 삐, 하는 싸구려 기계음이 들렸다.

문이 덜컥 열렸다.

문이 열리더니…….

뭐야.

이게 무슨 일이야.

어떻게 이런 일이 있을 수 있단 말인가!

오이카와는 속으로 절규했다.

"저…… 누구세요?"

눈매가 또렷하고 턱은 갸름하고 갓난아기처럼 피부도 깨끗한, 오이카와는 평생 말을 걸기는커녕 다가가 본 적도 없을 만큼 예쁘게 생긴 여자가 거기 서 있었다. 소매가 없는 원피스를 대충 입고 나온 여자의 살짝 드러난 가슴골로 눈길이 가지 않게 조심했다. 대박…….

아니지. 어쩌면 다케시와 전혀 상관없는 사람일지도 모르잖아.

"저기. 여기가 오자키 씨 댁 맞습니까?"

"네, 그런데요……."

아니야. 친척일지도 몰라. 사촌 동생일까. 조카일까.

"오자키 다케시 씨 안에 계십니까?"

여자는 살짝 난감한 눈빛으로 고개를 갸웃하며 "지금은 나가고 없어요"라고 대답했다. 그 말투에서 '오빠는'이나 '삼촌은'이 생략된 것은 아님을 깨달았다. 역시나 이 여자는 다케시의…….

"저는 오이카와라고 하는데요, 카메라를 좋아하는 인연으로 다케시 씨의 아버지 오자키 가즈요시 씨와 친하게 지냈습니다. 다케시 씨는 언제쯤 돌아올까요?"

"그게…… 언제 돌아올지 확실하지 않아서요……."

말끝을 얼버무렸다. 그 석연치 않은 말투에서 오이카와는 감이 확 왔다.

"실은 다케시 씨 아버지께서 돌아가셨습니다. 그 일로 이렇게 찾아왔습니다."

"그러시군요…… 어떡하지"라고 말하며 여자는 표정을 흐렸다. 서서 말할 내용이 아니라고 판단했는지 여자가 "들어오세요" 하며 집 안으로 이끌었다. 여자의 오른쪽 팔뚝에 그려진 선명한 호랑나비 타투가 오이카와의 시선을 사로잡았다. 투명하리만치 흰 살결 때문인지, 지금 막 그 자리에 내려앉은 호랑나비가 날개를 팔랑거리며 날아오를 것만 같았다.

여자의 취향일까. 내부는 심플하면서도 예쁘게 꾸며져 있고 꽃도 장식되어 있었다.

세련된 그릇과 귀여운 인테리어. 창문에는 스테인드글라스까지…….

그러나 오이카와는 어렴풋이 예감했다. 여자는 "언제 돌아올지 확실하지 않아서요……"라고 말했다. 불법 약물은 의존성이 높다. 한번 체포되면 몇 번이고 붙잡혀 들어간다는 걸 오이카와도 잘 알았다. 아마 다케시는 실형 선고를 받고 감옥살이 중이겠지. 언제 돌아올지 확실하지 않은 이유는 바로 그 때문이다. 초범이라면 집행 유예로 끝났겠지만, 실형을 받았다면 재범이거나 직접 불법 약물을 판매했을 가능성도 있다. 판매책이면 제법 큰돈이 손에 들어오니, 그 돈으로 멤버들에게 빌린 돈을 갚았을 수도 있다.

그런데도 이 여자는 다케시가 돌아오기를 계속 기다리는 것이다. 다케시에게 감정 이입하며 여기까지 왔다가 느닷없이 자신과의 격차를 눈으로 확인하고 말았다. 나는 체포되자마자 사귀던 여자가 자취를 감추었는데, 다케시는 예쁜 여자를 옆에 끼고 유유히 살아온 모양이다. 뭐가 다른 거지? 얼굴? 얼굴만 반반하면 만사 오케이라는 건가? 결국 중요한 건 외모였나? 그건 너무 불공평하잖아! 자신은 다케시를 동료처럼 여겼건만, 다케시 쪽에선 "뭐? 누가 누구랑 동급이라는 거야?"라며 차가운 눈으로 얕볼 거라 생각하니 배신감마저 들었다.

오이카와는 오래전부터 자신은 따뜻한 가정이나 착한 아내와 귀여운 자식 같은 건 평생 얻지 못하리라 자각하고 있었고, 실제로 서른다섯이 넘어서부터는 서로에게 푹 빠지는 연애와 무관하게 살아왔다. 딱히 "나는 일정한 직업이 없습니다!"라고 온몸으로 표현한 것도 아닌데 여자들은 몸에 밴 분위기나 냄새로 아는 모양이었다. 오이카와는 지금껏 제멋대로 살아온 대가라고 생각했다. 그러면서도 지금의 상황은 도저히 받아들여지지 않았다.

나도 쓰레기처럼 살았지만, 다케시, 너는 훨씬 더 엉망이었잖아!

드세요, 라며 여자가 내민 귀여운 컵을 보니 더더욱 부아가 치밀었다.

남다른 음악적 재능을 갖고서도 대책 없이 살다가 약물에 중독되어 오랫동안 뒷받침해 줬던 애인에게 한마디 인사도 없이 집을 나가고, 동고동락했던 밴드 멤버들에게도 의리 없이 종적을 감춰 심려를 끼쳤을 뿐 아니라 돈까지 빌려 민폐를 끼치는 배은망덕한 짓을 해놓고, 알고 보니 몸매 좋은 여자와 붙어 사느라 아버지 장례식에도 얼굴을 비추지 않았다니.

다케시. 아무리 그래도 이건 너무 개차반이야! 오이카와는 속으로 울부짖었다.

"다케시 씨가 부모님에 관해 뭐라고 하던가요? 생전에

아버지께선 다케시 씨를 계속 찾았던 모양인데…….”

여자는 한동안 말이 없었다.

"모르겠어요. 부모님 얘기 같은 건 잘 안 해서…….”

하아, 그랬단 말이지. 오자키가 병든 몸으로 필사적으로 아들을 찾던 순간에도, 병실에서 홀로 앨범을 들여다보던 순간에도, 생명이 끊어질 듯한 마지막 순간에도, 다케시는 이 여자와 깨가 쏟아지게 재미있게 살았구나. 그랬구나.

오이카와는 가슴팍에 손을 올려 카메라 전원을 껐다.

나는 프로 웃음꾼, 전직 개그맨이다. 다케시, 너도 아는지 모르겠지만 개그맨은 배꼽이 빠지게 관객을 웃게 할 수도, 때로는 그들의 마음을 마구 후벼 팔 수도 있어. 지금 네가 감방에 있든 말든 상관없어. 똑똑히 봐둬, 다케시. 내 모든 감정을 실어서 대사를 내뱉을 테니까!

오이카와는 숨을 길게 들이마시고 정신을 집중했다. 중학교 문화제 날, 무대 끝에 서 있던 그때처럼.

"다케시 씨가 돌아오면 전해주세요. 아버지가 돌아가셨다고요, 이 카메라와 앨범을 남겨주고서.” 오이카와는 테이블 위에 카메라와 앨범을 살며시 내려놓았다.

"이 카메라는 사연이 있어 제게로 왔지만, 원래는 다케시 씨에게 가야 했던 유품입니다. 편지에서 오자키 씨는

'아들의 꿈을 맹렬히 반대하고 계속 부정했던 건 잘못이었다'라고 말씀하셨습니다. 그리고 '아들이 어떤 길을 선택하든 내가 네 아버지라는 사실은 달라지지 않는다'라고도 하셨습니다."

여자가 고개를 떨구었다. 오이카와는 앨범을 들었다.

"보세요. 이 앨범을. 오자키 씨는 매일 보셨겠죠. 표지가 이렇게 너덜너덜해지도록……."

표지에 난 흠집에 손을 포개듯이 앨범을 펼쳤다. 온통 다케시였다.

불현듯 기억 하나가 밀려왔다. 본가에도 이런 앨범이 있었다. 아직 어린 시절의 자신과 아버지와 어머니가 놀러 가서 찍은 사진, 친척과 함께 찍은 사진, 조개잡이와 운동회 사진까지, 여러 가지 사진이 들이 있었다.

그날 문화제에서 전교생을 웃게 만든 뒤에 무대 위에 당당하게 서 있던 자신과 곳피를 찍은 사진도 물론 있었다.

곁에 있는 게 당연했던 존재의 소중함은 잃어버린 후에야 비로소 깨닫는다.

다케시. 어째서 집에 돌아가지 않은 거야? 어째서 연락 한번 안 했어? 아버지는 아들이 덜떨어진 놈이라도 상관없었어. 아버지는 죽기 전에 너와 하고 싶은 말이 많았을

지도 모르는데, 이미 죽어버렸으니까 이제 다 틀렸어. 돌이킬 수 없다고.

"오자키 씨는 병상에서도 이 카메라와 앨범을 고이고이 간직하고 있었습니다. 그게 무슨 뜻인지 아시겠습니까?"

여자는 차마 입술을 떼지 못했다.

"마지막 순간까지 아들이 돌아올 거라고 믿었던 겁니다."

고개를 들지 못하는 여자의 몸이 돌처럼 굳었다.

"그런데도 다케시는 돌아오지 않았어요." 오이카와는 두 주먹을 불끈 쥐었다. "진짜 답도 없는 놈이에요! 망할 놈의 다케시! 부모의 마음은 요만큼도 모르는 천하에 불효막심한 놈! 조금만 더 노력했으면 싹을 틔웠을지도 모르는데 일찌감치 때려치우기나 하고, 겁쟁이 같은 놈! 아, 죄송합니다, 제가 분통이 터져서 그만……."

어느새 눈시울이 뜨겁게 달아올랐다.

어째서 아버지와 어머니 얼굴이 떠오르는 걸까.

이 눈물은 또 뭐냐.

오이카와는 콧물을 훌쩍이며 카메라와 앨범을 여자에게 건넸다.

"다케시 씨가 무슨 짓을 하고 어떻게 살았건 간에 아버지는 끝까지 아버지셨어요. 마지막으로 한 번 더 만날 날을 손꼽아 기다리셨죠. 이건 제가 받을 게 아닙니다. 다케시 씨 겁니다.

저도 부탁 좀 드릴게요. 부디 다케시 씨에게 꼭 전해주세요. 그리고 언젠가 다케시 씨와의 행복한 순간을 이 카메라로 찍어주세요. 아버지에게 보여주세요. 이 카메라는 아버지가 주신 거니까! 이 카메라는! 다케시 씨의! 행복을 기도하는! 아버지의 눈입니다!"

한참이나 입술을 앙다물고 있던 여자가 모양을 확인하듯 카메라를 더듬었다. 그러더니 이내 카메라를 안은 여자의 어깨가 들썩였다. 그 어깨를 기다란 머리칼이 어루만져주었다.

이아. 여기까지 와서 내가 무슨 짓을 한 거람…….

오이카와는 연립 주택에서 나오자마자 정신이 번쩍 들었다. 여자에게 정신을 빼앗긴 나머지 오자키의 유품인 비싼 카메라를 그 집에 두고 나와버렸다. 임시 수입이었는데, 무려 한 푼도 건지지 못했다.

―고객의 마지막 택배를 배달하면서 그분 인생의 마지막 순간을 함께하는 것 같은 기분이 들거든요.

어쩌자고 이 순간에 그 택배 기사의 말이 되살아나는 걸까. 오자키의 마지막 순간을 함께하는 사람이 자신이라고 생각하니 힘이 빠졌다. 내가 왜 천국택배의 물품을 배달하고 있는 거냐고. 유품과 바꿔치기할 카메라까지 사버렸으니 손해가 막심했다. 하지만 오열하는 여자 앞에서 차마 경비 얘기를 꺼낼 수는 없었다.

하늘을 올려다보니 새하얀 구름이 흘러가고 있었다. 오자키 씨, 보고 있어요? 원래부터 천국 같은 건 믿지 않지만, 오자키 영감이 어디선가 보고 있으면 좋겠다고 오이카와는 생각했다.

좀 전에 그 집에서 나올 때, 여자가 가방에서 명함 한 장을 꺼내서 내밀었다. 분홍색 호랑나비 모양이 그려져 있고 모서리가 둥글게 깎인 명함이었다. 바 명함 따위 받아봤자 쓸모도 없지만, 저런 예쁜 여자와 알고 지내는 건 좀처럼 드문 기회였다. 눈 호강했네. 글래머 스타일의 그 여자는 바에서 호랑나비라는 애칭으로 통하는 모양이었다. "꼭 한번 들러주세요. 감사 인사를 하고 싶습니다"랬나. 감사 인사라…… 거기까지 생각하다 말고 혼자 히죽 웃었다.

뭐, 그렇게까지 부탁하는데 한번 가보는 것도 나쁘지 않겠지. 오이카와는 그렇게 결론을 내렸다.

그런 연유로 오이카와는 지갑 사정을 고려해 싸구려 술을 진탕 퍼마시고 얼큰하게 취한 상태로 가부키초[✦]에 있는 '모르포 나이트' 바를 찾아갔다. 골목 구석에 있어서 아는 사람만 알 것 같은 그 가게는 외관도 심플했다. 사이버 펑크 영화의 한 장면처럼 요즘은 보기 드문 네온관이 골목길 위로 화려한 핑크색 그림자를 떨어뜨렸다.

문을 열자 어두컴컴한 실내에서 화려한 드레스로 몸을 감싼 종업원들이 눈에 들어왔다. "저기, 호랑나비에게 명함을 받았는데요"라고 했더니 "아, 들었어요, 이쪽으로 오세요"라며 어지간히 취한 듯한 목소리의 주인이 안으로 들여보내 주었다. 오이카와를 카운터로 안내해 준 종업원은 등이 훤히 파인 드레스를 입고 있었는데 등 근육이 제법 딘딘해 보였다. 인조 속눈썹이 부채처럼 펄럭거렸다. 그 여자는 자신을 네팔나비라고 부르라고 했다.

어둠 속에서 이쪽으로 걸어온 호랑나비는 희미한 빛을 내뿜듯 그야말로 밤의 나비[✻]처럼 아름다웠다. 오이카와를 보더니 환하게 웃었다.

호랑나비가 선반에서 뭔가를 꺼내 왔다. 카메라였다. 밤

[✦] 식당, 술집, 클럽, 유흥업소 등이 몰려 있는 도쿄 신주쿠구의 환락가.
[✻] 접대부, 호스티스 등을 지칭하는 표현이기도 하다.

의 나비 같은 여자가 드레스 차림으로 카메라를 들고 있는 모습은 언뜻 언밸런스하면서도 묘하게 매력적이었다.

"그 카메라, 비싼 거지? 호랑나비, 카메라에 관심 있었어? 의외네"라며 다른 종업원이 말을 붙였다. 호랑나비의 손을 내려다보는 걸 보니 꽤 장신인 듯했다. 뭐야? 하이힐이라도 신었나? 그렇게 생각하고 봤더니 굽이 낮은 샌들을 신고 있었다. 오이카와의 발도 거뜬히 들어갈 듯한 커다란 샌들을 신은 여자의 발에서 은색 페디큐어가 반짝였다. 그 여자는 "산누에나방이에요. 참고로 나비가 아니라 나방이랍니다"라고 자신을 소개했다.

"나도 좀 보여줘 봐"라며 담배를 입에 문 마담이 몸을 앞으로 내밀었다. "어머나, 이거, 엘칸 렌즈가 부착된 라이카 KE-7A잖아. 흠집도 거의 없고, 이렇게 멀쩡한 건 드문데. 이거 팔면 100만 엔은 훌쩍 넘을걸? 뭐야, 샀어? 보는 눈 있네."

마담이 담배 연기를 훅 내뿜었다. 그렇다니까요! 팔면 100만 엔도 넘었을 텐데, 젠장! 오이카와는 속으로 구시렁거렸다. 그나저나 이게 흔한 카메라가 아님을 단번에 알아보는 이 마담도 보통이 아니네.

"어머, 언니, 잘 아는구나." "나 예전에 카메라맨이었거든." "에이, 언니가 카메라**맨**이라니." 네팔나비가 눈을 맞추며 웃었다. "쉿. 조용히 해. 그래, 왕년에는 잘나가는 포토그래퍼였어. '거기, 두 번째 줄에 선 어머님, 얼굴 조금만 이쪽으로. 좋아요, 좋아. 앗, 맨 앞줄 꼬마야, 발은 내려야지. 그래, 잘했어. 그럼 찍겠습니다. 여러분, 여기 보세요'"라고 하며 마담이 껄껄 웃었다. 일부러 낮게 깐 목소리와 말투가 영락없는 예식장 카메라맨이라 오이카와도 따라 웃었다.

호랑나비는 손끝으로 눈물을 닦는 듯했다. 긴 머리를 쓸어 넘기고 멋쩍게 웃으며 "오이카와 씨, 카메라 고맙습니다"라고 인사했다.

감사 인사를 들으니 기분이 나쁘지 않았다. 중고거래 앱의 형식적인 '고맙습니다'가 아니라 누군가의 진심이 담긴 '고맙습니다'는 오랜만에 들은 것 같았다.

아니에요, 별말씀을요. 호랑나비 씨, 다케시 씨에게 안부 전해주세요, 라고 말하려다 말고 그만 입을 다물었다. 머리끝까지 술기운이 얼얼하게 올라서일까, 호랑나비의 얼굴이 아는 사람과 닮아 보였다. 누구더라, 배우였나? 모델? 광고 영상에서 봤나? 이 우수에 찬 눈빛을 분명 어디선가 봤는데. 호랑나비의 얼굴을 뚫어져라 쳐다보았다.

맞다, 사진. 사진에서 봤다. 오자키가 남겨준 앨범 속에서…….

"이 카메라는 제 아버지의 유품이에요"라면서 호랑나비, 아니 다케시가 카메라를 사랑스레 바라보며 웃었다.

그날 밤은 다들 곤드레만드레 취해 신나게 놀았다. 가게를 뒤로하고 나오니 아침놀에 눈이 부셨다.

오자키 씨. 천국택배로는 천국에 편지를 보낼 수 없을 테니까 내가 알려드리죠. 당신 아들이자 딸은 투약과 수술과 힘든 재활 훈련을 모두 이겨내고 지금 행복하게 살고 있어요. 참, 당신이 내게 보내준 그 앨범의 마지막 장에 무슨 사진을 붙이게 될지 알아요? 글쎄, 내 사진을 붙일 거랍니다. 제발 그러지 말라고 해도 들어먹지를 않아요.

아니지, 그게 마지막 사진은 아니겠네요. 앞으로도 앨범에는 여러 사진이 들어가게 될 거예요. 당신이 남겨준 카메라로 사진을 왕창 찍을 테니까요. 그러면 그 앨범도 금방 꽉 차겠네요. 찍고 싶은 것도 많고, 가보고 싶은 곳도 많다고 하니까요.

오이카와는 역으로 돌아가던 길에 시계를 보니 5시여서 지금쯤이면 벌써 일어났을 거라는 생각에 전화를 걸었다.

"네" 하며 경계심이 묻어나는 목소리로 여자가 전화를 받았다.

잠시 말없이 가만히 있었더니 전화기 너머에서 라디오 소리가 희미하게 들려왔다. 그래, 매일 아침 라디오를 들으며 아침 밥상을 차렸지. 된장국 냄비에서는 김이 모락모락 피어오르고, 채소절임을 써는 경쾌한 소리가 들리고, 주전자가 삑 하고 울었다. 국물을 내고 건진 멸치는 반려묘 마루코에게 주려고 작은 접시에 덜어놓곤 했었다.

"모토키니?" 하고 긴장된 목소리가 들려왔다.

그때나 지금이나 똑같았다. 항상 걱정만 끼쳤기에 또 무슨 사고를 친 건 아닌지 어른이 되지 못한 철부지 아들 때문에 속을 태우는 목소리.

한순간 망설였다.

그냥 끊어버릴까, 그렇지만…….

"응…… 근데 엄마, 전화 사기면 어쩌려고 그래. 잘 지내요, 다음에 집에 한번 갈게요."

오이카와가 말을 마치자마자 숨을 들이마시는 느낌이 들었다. 그러더니 전화기 너머에서 "여보! 여보! 모토키예요!" 하며 울먹이는 소리가 들렸다.

오이카와는 가방을 열어 안에 있던 카메라를 내려다보

왔다. 오자키의 유품과 바꿔치기할 작정으로 한 대 더 사 뒀던 카메라다. 이제는 쓸모가 없어서 카메라 전문점에 가져가 팔아치우려고 가방에 넣고 다녔다.

어떻게 찍는 건지는 아직도 잘 모른다.

아무렴 어때. 이제 한잔하면서 물어볼 녀석도 생겼는걸. 집에 돌아가자. 이 카메라를 가지고.

전화기 저편에서 쿵쾅쿵쾅 급하게 달려오는 아버지의 발소리가 가까워졌다.

이럴 때 초보들은 말문이 막히겠지만, 한때 난 프로 웃음꾼이었다. 내가 해야 할 말을 잘 알고 있다. 웃음도 끌어내고 결말도 멋지게 지을 거니까 잘들 보라고.

오이카와는 중학교 문화제 날 무대 끝에 서 있었던 그 순간처럼 숨을 깊게 들이마셨다.

제2화   78년 만에 온 편지

병원 안은 항상 서늘하다. 온도만 그런 게 아니라 공기의 흐름마저 고요하고 정체된 느낌이 든다. 특유의 이 냄새도 그렇다. 병원이라는 느낌이 강하게 밀려든다.

얼마 전에 '그칠 지止'라는 한자를 보고 진짜 바람이 그친 것 같이 생긴 글자라고 삼빡한 적이 있는데, 증조할머니가 누워 있는 이 병실은 그 한자와 똑 닮았다. 커튼이 있고, 침대가 있고, 문이 있지만 닫혀 있고…….

태풍이 가까이 온 탓에 창밖에는 바람이 불고 나뭇잎도 흔들리고 있지만, 이 병실에는 아무 소리도 나지 않는다.

오치 히토미는 엄마 손을 잡고 증조할머니를 문병하러 왔다. 여름 방학 일정을 기록한 달력에 '증조할머니 병문안'이라고 적혀 있었는데, 히토미도 벌써 초등학교 5학년인지라 분별력이 없지 않았다. "안 가"라고 하면 엄마는 혼자서라도 갔겠지만 "나도 갈래"라고 했을 때 한시름 놓는 그 표정을 알기에 "그냥 집에서 게임하고 싶어"라고는 차마 말할 수 없었다. 엄마는 최선을 다해 딸의 머리를 예쁘게 땋아주었다. 집에 올 때 파르페도 사주겠다고 약속했다.

히토미의 엄마는 어른이 되기 전에 어머니를 잃고 외할머니인 기미에와 오래 같이 살았기 때문에 그를 무척이나 잘 따랐으며, 할머니가 얼마나 대단한지도 딸에게 자주 이야기해 주었다. 그 세대 사람치고는 드물게 영어도 잘한다고 했다. "할머니는 굉장하셨어. 할머니가 영어로 술술 말하면 외국인도 깜짝 놀란다니까"라며 마치 자기 일처럼 자랑하곤 했다.

히토미도 증조할머니를 좋아했다. 좋은 의미에서 할머니 같지 않고, 평소에는 정확하고 조리 있게 말하지만, 누군가 예의에 어긋나는 말을 하면 세 시간 정도 지나서야 '아까 혹시?' 하고 깨달을 만한 능숙한 빈정거림으로 응수하는 것도 머리 회전이 빨라야만 가능한 일이기에 대단하다고 생각했다.

그랬던 할머니가 쓰러진 게 몇 달 전이었다. 머릿속 혈관에 문제가 생긴 듯했다. 이미 아흔에 가까운 나이여서 엄마도 한순간 마음의 준비를 하고 있었던 것 같다.

다행히 생명에는 지장이 없고 결과도 양호하다고 했는데 할머니의 병문안을 갔던 첫날 히토미는 어떤 표정을 지어야 할지 몰라 어리둥절했다.

할머니가 살아서 기쁘고 다행스러웠지만, 원래도 안 좋았던 눈은 시력을 거의 잃었고 누군가와 수다를 떨거나 하는 일도 없었다. 그토록 좋아했던 책도 읽지 않고 하루 종일 병실에서 멍하고 생기 없는 모습으로 누워만 있다. 이제 예전의 증조할머니가 아니라는 건 히토미도 잘 알았다.

아흔 살 가까이 됐어도 새로운 것을 좋아하고 요즘 히토미네 학교에서는 뭐가 유행하는지 궁금해하던 할머니는 어디로 가버린 걸까. 분명 완전히 사라진 건 아니고 할머니 몸속 어딘가에 남아 있겠지.

그래서 히토미는 할머니가 좀처럼 반응을 보이지 않아도 쉴 새 없이 떠들었다. 몸속 어딘가에 숨어 있는 할머니가 들을 수 있기를 바라며.

히토미는 최대한 밝은 목소리로 여름 방학 숙제와 자유 연구 과제에 관해서 쫑알거렸다.

이제 곧 이야깃거리가 바닥날 것 같은데 어쩌지. 그러면 움직이지 않고 고여 있는 듯한 공기와 원래대로 돌아갈 수 없는 할머니와 가능하면 지금 증손녀의 얼굴을 자주 보여주고 싶어 하는 엄마의 마음이 이 방을 가득 채워 숨이 막힐 것만 같았다. 사실 히토미는 어른들의 생각보다 훨씬 더 많은 것을 알고 있었지만 그런 건 단 한 번도 생각해 본 적 없다는 듯이 시치미를 뚝 떼고 천연덕스럽게 행동했다. 자신이 계속 재잘거린다고 해서 이 병실 안의 공기가 움직이지는 않겠지만.

어떡하지. 이제 할 말이 다 떨어졌는데…….

그때 엄마의 핸드폰이 윙윙 울렸다. 엄마는 격식을 차린 목소리로 "네, 네. 고맙습니다. 그럼 1층으로 갈게요"라고 말하고 나서 할머니를 보며 "할머니, 택배가 와서 가지러 갔다 올게요"라고 덧붙였다.

병실을 나서던 엄마가 "히토미도 같이 가자. 미국에서 온 택배래"라며 말을 걸어주었다. 미국에서 온 택배가 뭔지 궁금했던 히토미는 침대 위에서 멍하니 한 지점만 쳐다보고 있는 할머니에게 "할머니, 갔다 올게요!" 하고 큰 소리로 말한 뒤 엘리베이터로 향하는 엄마의 뒤를 쪼르르 쫓아갔다. 엄마가 "그런데 좀 특이한 택배가 온 것 같아. 전화로는 무슨 말인지 잘 못 알아들었지만" 하며 고개를 갸웃했다.

왜 미국에서 택배가 왔을까? 그렇게 묻는 엄마의 목소리에 히토미는 한순간 눈을 동그랗게 떴지만 곧바로 한 가지 기억이 떠올랐다.

증조할머니가 아직 건강할 때였다. 학교에서 '과거와 현재의 생활 비교해 보기'라는 숙제를 내주었다. 아이들에게 할아버지, 할머니가 옛날에 어떤 놀이를 하고 어떻게 살았는지 이야기를 들어보라는 거였다.

히토미가 생각하기에, 1935년에 태어난 증조할머니가 반 아이들의 할아버지, 할머니 중에서 가장 나이가 많을 것 같았다. 증조할머니는 이야기하는 걸 좋아하니까 재미있는 이야기를 많이 해줄 테고, 그러면 내가 우리 반에서 제일 신기한 얘기를 듣게 되겠지? 히토미가 "할머니한테 어릴 때 일을 여러 가지 물어보고 싶어"라고 적극적으로 말하자 엄마는 뜻밖에도 그게…… 하며 잠깐 생각하는 기색을 보이더니 눈을 깜빡깜빡하다가 어렵게 입을 열었다.

"할머니는 미국에서 태어나셨대. 그런데 그때 이야기는 별로 하고 싶지 않은가 봐. 전쟁도 있었고…… 여러 가지로 말이야." 그때 엄마의 침울한 표정을 본 히토미는 결국 할머니에게 물어보는 걸 포기할 수밖에 없었다.

엘리베이터가 1층에 도착하자 병원 정면 현관의 유리 너머로 날씬한 뒷모습이 눈에 들어왔다. 간호사는 흰옷을 입지만 그 사람은 위아래 세트로 된 회색 유니폼을 입고 있었다. 거기에 모자도 썼다. "아마 저 사람이 택배 기사일 거야"라고 엄마가 귓속말로 알려주었다.

자동문이 열리자 바람이 휙 불어와 히토미의 앞머리가 위로 날아올랐다.

그 사람도 한 손으로 모자를 꽉 붙잡았다. 모자 아래로 짧은 머리카락이 보였다. 키가 큰 여자의 명찰에는 나나호시라는 이름이 적혀 있었다. 가슴팍에는 귀여운 날개 마크도 붙어 있었다.

여자가 소중하게 들고 있는 건 편지 같았다.

엄마가 "안녕하세요. 병원에서 얘기 들었어요. 할머니 고스즈 기미에 대신 택배를 받으러 온 손녀 오치 미에라고 합니다"라고 인사했다. 여자는 천국택배에서 온 나나호시 리쓰라고 자기소개를 했다.

미국에서 온 택배라고 해서 미국 사람이 올 줄 알았더니 그 사람은 일본인이었다. 근데 '천국'이 뭐지?

"저희 천국택배는 의뢰인이 지정하신 분께 유품을 전달하는 일을 하고 있습니다"라고 나나호시가 말했다. 어른들끼리 대화할 때면 으레 그 자리에 있는 아이는 무시되기 마련인데 자신에게도 눈높이를 맞추고 이야기해 줘서 히토미는 조금 기뻤다.

아무래도 할머니에게 온 물건은 편지인 듯했다. 병원 규칙상 병실에서 할머니에게 직접 전달하면 안 되는 모양이었다.

"기미에 씨 앞으로 미국 캘리포니아에 사셨던 야기 마사코 씨가 보낸 편지입니다"라며 나나호시가 엄마에게 편지를 건넸다. 엄마는 "아, 미국에서도 이렇게 배달이 되는군요"라며 이것저것 묻기 시작했다. 이 편지는 대리인을 통해 일본까지 왔다고 했다. 편지를 보낸 마사코 씨는 할머니의 어릴 적 친구라고 나나호시가 알려주었다. 일본인이 보낸 편지니까 분명 일본어로 쓰여 있겠지.

히토미는 "할머니는 눈이 잘 안 보여요. 그러니까 내가 대신 읽어줘도 돼요?"라고 나나호시에게 물었다. "응, 물론이지." 나나호시가 눈웃음을 활짝 지었다.

독서를 좋아하는 히토미는 소리 내어 읽는 것도 자신 있었다. 또 편지에 적혀 있는 내용을 맨 먼저 보고 싶기도 했다. 미국에 사는 마사코 할머니의 편지에는 무슨 말이 적혀 있을까……

나나호시는 이만 가보겠다며 밝게 인사하고는 "혹시라

도 무슨 일 있으면 이쪽으로 연락 주세요, 도와드리겠습니다"라며 명함을 꺼냈다.

히토미는 나나호시가 헬멧을 쓰고 오토바이를 타고 떠나는 모습을 엄마와 함께 지켜보았다. 오토바이의 짐칸 트렁크에도 흰색 날개 마크가 새겨져 있었다.

바람이 불자 편지가 탁탁 소리를 냈다.

"근데 '유품'이 뭐야?"

엄마는 "응? 지금 그게 뭔지도 모르면서 그렇게 말한 거야?"라며 난처하게 웃었다. "유품은……. 세상을 떠난 사람이 남겨준 소중한 선물이란 뜻이야"라고 해서 히토미는 화들짝 놀랐다. 손에 쥔 편지를 빤히 쳐다보았다. 그럼 이 편지를 쓴 할머니 친구는 벌써 세상을 떠났다는 말이잖아.

"어, 그럼 왜 돌아가신 뒤에 할머니에게 편지를 보낸 거야?"

"글쎄. 그만큼 소중한 편지라는 뜻이겠지?"라는 엄마의 대답에 히토미의 몸이 딱딱하게 굳어졌다.

미국에서 온 소중한 편지. 마사코 할머니가 인생의 마지막 순간에 남긴 편지…….

"엄마가 읽을래?" 하며 편지를 내밀자 엄마는 "히토미가 읽어드리면 분명 할머니도 좋아하실 거야. 옛날에 할머니도 영어로 된 그림책을 읽어주셨잖아.《아주아주 배고픈 애벌레》였나? 히토미가 읽어드리면 할머니도 아아, 우리 히도미가 다 컸구나, 하면서 자랑스러워하시지 않을까? 어려운 한자가 나오면 엄마가 가르쳐 줄게"라고 해서 그대로 둘이 같이 병실로 들어갔다. 할머니는 아까처럼 초점이 없는 눈으로 어딘가를 보고 있었다. 몸이 좀 괜찮은 날은 대화도 약간 할 수 있지만 요즘은 이런 상태가 계속 이어졌다.

"있잖아. 할머니, 내가 편지 읽어줄게!" 그렇게 외친 다음 봉투를 열었다. 봉투 안에는 반으로 접은 편지지 한 장이 들어 있었다. 수업 시간에 책을 읽을 때처럼 똑바로 서서 두 손으로 편지지를 펴고 첫 글자를 읽으려는 찰나…….

"어?"

눈이 이상해진 줄 알았다. 종이 방향이 잘못됐나 싶어 오른쪽으로 90도 기울였다. 종이를 거꾸로 들어보기도 했다. 이번에는 왼쪽으로 90도 기울였다. 다시 비스듬하게 들었다. 종이를 뒤집어 불빛에 비춰보기까지 했다.

"얘, 히토미, 뭐 하니?"

"못 읽겠어."

"그 당시엔 옛날 한자를 썼나? 옛날에는 한자 모양이나 쓰는 법이 지금이랑 좀 달랐으니까"라는 말에 히토미는 엄마에게 편지를 넘겼다.

엄마도 히토미가 했던 것처럼 종이를 들고 이리저리 돌렸다. "어머, 이게 뭐야."

어디가 위쪽인지도 분간할 수 없었다.

편지에는 일본어도, 영어도 아닌 수상한 선이 잔뜩 그어져 있었다. 얼핏 지루한 수업 시간에 공책 귀퉁이에 휘갈겨 놓은 낙서처럼 보이지만, 삐침과 파임 등의 필획을 복잡하게 섞어 쓴 낯선 글자가 분명했다.

"할머니는 영어 말고 다른 외국어도 할 수 있어?"

"음, 언어에 관심이 많아서 다양한 외국어를 공부하시긴 했지만…… 엄마도 이런 글자는 처음 보네."

엄마의 말에 따르면 할머니는 영어 선생님으로 오래 일했고, 외국인에게 일본어를 가르치기도 했었다고 한다. 일본어 교사가 되고 싶어 하는 사람들을 지도한 경험도 있어서 할머니 주위에 외국어를 할 줄 아는 친구들이 많았던 것 같다고 덧붙였다.

두 사람은 읽을 수 없는 편지를 앞에 두고 팔짱을 낀 채 난감한 표정을 지었다.

할머니가 이 편지를 직접 읽으면 간단히 해결되겠지만 눈이 잘 안 보여서 그건 어렵다. 할머니 손을 잡고 편지에 적힌 글자를 손끝으로 더듬어 보게도 해봤지만, 할머니의 눈빛은 여전히 총기가 없고 흐릿했다.

"그만하자. 할머니도 모르는 것 같으니까"라며 엄마는 금방 포기하려고 했다. 엄마는 이상할 정도로 포기가 빠른 사람이다. 히토미가 피아노를 그만두겠다고 했을 때도, 입시 학원이 적성에 안 맞는 것 같다고 했을 때도 좀 더 다녀 보라거나 3년은 해보라며 말리거나 하지 않았다. 담백하게 알았다고 해서 말을 꺼낸 사람이 오히려 더 당황할 정도였다. 그렇지만 피아노와 학원은 그렇다 쳐도 이 편지는 쉽게 포기하면 안 될 것 같았다.

"안 돼, 이거 할머니 친구의 '유우품' 편지잖아."

"유품." 히토미의 억양이 이상했는지 엄마가 바로 고쳐 주었다.

"여기서 포기하면 아무도 이 편지를 못 읽잖아. 그러면 할머니랑 할머니 친구가 너무 불쌍해. 미국에서 어렵게 편지를 보냈는데."

"그래도, 이런 글자는 본 적이 없는걸. 어느 나라 글자인지도 모르는데 우리가 어떻게 읽겠어?"

"그치만 이건 할머니 친구가 남긴 소중한 편지니까. 내가 꼭 읽어줄 거야." 히토미는 큰소리를 떵떵 쳤다.

엄마도 말은 그렇게 했지만 편지 내용이 마음에 걸렸는지 곧장 천국택배에 전화를 걸었다. 그러자 나나호시가 편지를 보낸 마사코의 손자인 일본계 미국인 프랭크 K. 야기라는 사람에게 연락해 주었다. 그렇게 해서 서로의 연락처를 알게 된 엄마와 야기, 즉 할머니들의 손녀와 손자가 메일로 편지 내용에 관해 의논하기로 했다. 엄마는 "영어로 소통해야 하면 어쩌지……" 하고 걱정했지만 야기가 일본에서 유학했을 뿐만 아니라 지금도 일본과 깊이 연관된 회사에서 근무하고 있어 일본어가 통한다는 사실을 알고 안심했다.

야기가 보낸 메일을 보니 그는 할머니 마사코의 마지막 편지를 일본에 있는 기미에에게 보내기 위해 무진장 애를 먹은 듯했다. 그 옛날 샌프란시스코에 거주했던 일본인들은 한동네에 모여 힘을 합쳐 살았는데, 그때 마사코와 기미에는 바로 옆집에 살았다고 한다. 기미에가 마사코보다 한 살 더 많았지만 같은 초등학교에 다녔던 두 사람은 친자매처럼 사이좋은 친구였다.

마사코는 세상을 떠나기 직전에 야기에게 이 편지를 맡기며 일본에 있는 기미에에게 전해달라고 신신당부했다. 곤란에 빠진 야기는 일본의 서비스를 검색하다가 우연히 유품을 전문으로 배달하는 천국택배를 발견하고 의뢰를 하게 된 것이었다. 기미에가 일본으로 귀국한 건 2차 세계대전이 끝난 후의 극심한 혼란기였던 탓에, 그의 행방을 찾는 게 만만치 않았으나 어떻게든 찾아냈다는 내용이 메일에 나와 있었다.

엄마는 문제의 편지를 사진으로 찍어 메일에 첨부해서 보냈지만, 마사코의 손자인 야기도 편지의 내용은 전혀 모른다고 했다. 야기가 "혹시 둘만의 암호가 아니었을까요?"라고 의견을 제시했으나 정작 당사자인 기미에가 그 편지를 자기 눈으로 읽을 수가 없으니 확인할 길이 없었다. 야기는 "어쩌면 필기체로 쓴 다른 외국어일지도 모르겠네요"라고도 했다.

히토미는 수수께끼의 편지를 쳐다보며 고민에 빠졌다.

그냥 낙서처럼 보이는 이 편지를 어떻게 하면 읽을 수 있을까. 학교에 가지고 가서 교무실에 있던 선생님에게 물어봐도 통 모르겠다고 했다. 도서관에 가서 사서에게 보여주자 여러 가지 문자에 관한 책을 소개해 줬지만 끝내 편지와 비슷한 글자는 찾지 못했다.

 이 편지는 대체 뭐라고 적혀 있는 걸까?

 도서관 책상 위에 쌓아놓은 책을 보며 마치 탑 같다고 생각했다. 눈이 피곤했다. 두 팔을 쭉 뻗어 기지개를 켜는데 도서관 창밖으로 또래 여자아이들이 어울려 지나가는 게 보였다. 전혀 모르는 애들인데도 히토미는 왠지 모르게 눈을 돌렸다.

 몰라, 됐어.

 이 편지에 관해 이야기하고 함께 고민할 친구가 있으면 좋겠지만, 얼마 전 히토미는 단짝인 하나와 크게 다투고 말았다.

 여름 방학 전날, 하나와 만나서 놀기로 했는데 아무리 기다려도 오지 않았다. 히토미는 갑자기 내린 비에 흠뻑 젖었는데도 혹여 엇갈리기라도 할까 봐 계속 참고 기다렸지만 끝내 만나지 못하고 집에 돌아왔다. "까먹었어, 미안." 하나는 별일 아니라는 투로 가볍게 사과했다. 비를 쫄딱 맞은 것도 억울한데 성의 없는 사과에 더 화가 난 히토미가 모질게 한마디 하자 "그래서 미안하다고 했잖아. 그날 집에서도 힘들었단 말이야.", "말투가 그게 뭐야?", "내 말투가 어때서?"라며 말싸움이 붙었다. 하나는 원래도 시간관념이 없는 편이라 그가 지금까지 지각했던 경우를 히토미가 일일이 끄집어내며 뭐라고 했더니 하나도 "그러는 넌 늦은 적 없어?"라면서 옛날 일을 들먹이기 시작했다. 히토미는 속이 부글부글 끓어서 참을 수가 없었다.

"됐어, 이제 절교야!"라는 말을 끝으로 여름 방학이 시작되었고 그 후로 하나를 만나지 못했다. 히토미도 자기 입에서 절교라는 말이 흘러나왔을 때는 잠깐 후회했지만, 이미 내뱉어 버려서 다시 주워 담을 수도 없었다. 학교를 안 가니까 진짜 절교처럼 되어버렸다.

그런 애랑 안 놀아도 난 괜찮아, 라고 히토미는 생각했다. 탁 소리를 내며 덮은 책을 탑 꼭대기에 올려놓았다.

이러고 있으면 아무것도 해결되지 않아. 이제 마지막 수단을 쓰자! 히토미는 다짐했다.

외국인에게 이 편지를 보여주고 직접 물어보자.

히토미는 도서 반납 선반에 책을 갖다 놓고서 자전거를 빠르게 몰아 연립 주택이 모여 있는 옆 동네로 갔다. 외국인이 많이 살아서 그런지 특유의 분위기가 있다. 이 동네의 작은 공원에는 그네도 있고, 손으로 잡고 빙글빙글 돌리는 재밌는 놀이기구도 있지만, 히토미는 여기서 놀아본 적이 거의 없다.

　오늘은 날씨가 선선해서인지 아이들이 나무 그늘에서 놀고 있었다. 얼굴 생김새도 일본인과 비슷하고, 머리카락과 눈동자도 까맣고, 입고 있는 옷이나 신발도 이 근방에서 산 것일 텐데 어쩐지 일본인은 아니라는 걸 한눈에 알아볼 수 있다. 조금씩 가까이 가자 말소리가 들렸다. 일본어와는 울림이 전혀 다른 외국어를 들은 히토미는 뭐라고 말을 건네야 할지 긴장됐다. 어린아이부터 제법 큰 아이들까지 모여 있었다. 지금은 학교가 방학이라 형제들이 자기보다 어린 동생을 돌보는 듯했다. 게임하는 아이들을 둘러싸고 있는 무리도 보였다. 차례를 기다리는 거였다.

　히토미가 공원 밖에서 쳐다보는 것도 모르고 그들은 자기들끼리 재미있게 놀았다. 수도꼭지에서 뿜어져 나오는 물을 서로에게 뿌려대는 아이들도 있었다.

　히토미는 용기를 내어 공원 안으로 들어갔다. 히토미를 쳐다보던 아이도 있었지만 잽싸게 눈을 돌리고 히토미가 안 보이는 양 놀이를 이어갔다.

"저기." 목소리가 작아서 못 들은 걸까.

"얘들아!"

　이번에는 큰 소리로 외쳤다. 그러자 일제히 움직임을 멈추고 히토미를 멀뚱멀뚱 쳐다보는 바람에 식은땀이 다 났다. 기묘한 침묵이 흐르는 가운데, 한 아이가 급하게 뛰어내린 그네에서 끼익하는 기분 나쁜 쇳소리만 들려왔다.

벌써 결심이 꺾일 것 같았다.

"무슨 일인데?" 하며 빨간색 머리핀을 꽂은 여자아이가 물었다. 히토미보다 키가 큰 그 아이는 나이도 조금 더 많은 것 같았다. 다행이다, 일본어를 할 줄 아는구나. 학군은 다르지만 일본 초등학교에 다니는 게 틀림없다. 이 근처의 외국인 학교 중에는 일본어 반이 따로 있는 곳도 있다고 들었다.

"저기, 방해해서 미안하지만. 우리 증조할머니에게 편지가 왔는데……." 히토미가 편지를 보여주면서 입술을 움직이자 몇몇 아이들이 모여들었다. 히토미가 사정을 설명하는 동안 여자아이가 중간중간 끼어들어 외국어로 통역했다. 그러자 멀찍이 떨어져서 놀던 아이들도 가까이 다가왔다.

"이 편지는 미국에 살았던 할머니 친구가 보내온 유품이야."

"유품?"

"아, 죽은 사람이 남겨준 소중한 선물이라는 뜻이야."

여자아이는 잠깐 입을 다물고 눈을 깜빡이다가 고개를 한 번 끄덕인 다음, 진지한 얼굴로 느릿느릿 외국어를 이어나갔다. 그러자 히토미와 여자아이를 둘러싸고 있던 아이들 입에서도 아아…… 하는 탄식이 새어 나왔다. 다들 심각한 표정으로 귀담아들었다. 그리고 한 명씩 편지를 주의 깊게 살펴보기 시작했다.

"잠깐만 기다려. 어른들한테 물어보자."

누가 집에 있던 가족을 불러왔는지 어른들까지 모여들었다. 그들은 얼떨떨하고 난감한 표정으로 편지를 돌려 보았다. 손가락으로 편지에 적힌 글자를 가리키며 고개를 갸우뚱했다. 자세히 보니 일본어를 잘하는 아이가 어른들 사이에서 통역을 하고, 또 다른 아이는 옆에서 설명을 보태기도 했다. 다 같이 힘을 합쳐 서로 도우면서 사는구나.

솔직히 히토미는 외국인들이 많이 사는 연립 주택 근처는 말도 안 통하고 풍습도 달라서 가까이 가고 싶은 마음이 없었다. 그런데 지난번에 야기가 보낸 메일을 보고 할머니가 미국에 살던 시절에는 일본인들도 한 지역에 모여 살며 서로 도왔다는 사실을 알았다. 언어와 풍습이 완전히 다른 나라에서 살아가려면 얼마나 힘들었을까. 어쩌면 할머니와 할머니 친구도 이렇게 서로 도우면서 사이좋게 지냈을지도 모르겠다고, 히토미는 똑같은 옷을 입은 여자아이들을 보며 상상했다.

결국 어른들도 편지 내용을 이해하지 못한 눈치였는데, 그중 한 명이 "이건 베트남어가 아니야"라고 알려주었다. 그 사람이 "할머니가 건강해지시길 바랄게"라며 편지지 아래쪽에 영어로 뭐라 뭐라 적었다.

한 사람이 "이건 인도어일지도 몰라"라는 말을 꺼냈다. 빨간색 머리핀을 꽂은 여자아이가 여기서 조금만 가면 인도 사람이 하는 향신료 가게가 있다며 같이 가주겠다고 했다. "가자"라는 말을 먼저 꺼낸 것도 그 아이였다. 그 여자아이의 이름은 퐁이었다. 히토미도 "난 히토미야"라고 이름을 밝혔다.

인도인 향신료를 파는 가게는 어제 한 번도 가보지 못했다. 그런 가게가 있다는 것도 처음 알았다. 유리문 안쪽으로 보이는 선반에 알갱이 같은 게 들어 있는 봉지가 잔뜩 놓여 있었다. 몇 종류나 될까. 흰색 알갱이, 검은색 알갱이, 모래알처럼 작은 알갱이, 옥수수처럼 커다란 알갱이, 여러 가지 색깔의 가루, 콩과 도토리 같은 열매, 홀쭉한 쌀처럼 생긴 곡물 등 얼핏 봐도 50여 종류는 돼 보였다. 처음 보는 잎사귀 다발과 나무껍질, 익숙하지 않은 색깔의 대형 통조

림도 진열되어 있고, 냉장고 안에는 초록색 파파야와 코코아, 생소한 잎채소와 달아 보이는 케이크, 화려한 색깔의 주스 캔이 들어 있었다. 그 어디에도 일본어는 없었다. 가격표도 전부 알파벳으로 적혀 있었다.

히토미는 가게 분위기에 압도되어 꼼짝도 할 수 없었다. 여긴 외국 같아……. 히토미가 퐁 뒤에 서서 가게 안을 힐끔거렸다. 퐁이 가게 문을 열자 요란한 전자음이 울렸다. 안쪽에서 인도 사람으로 보이는 점원이 나왔다. 눈동자 색과 피부색이 일본인과 확연히 다르고, 흰자위가 유난히 맑은 사람이었다. 젊은 사람인지 나이 든 사람인지 분간이 되지 않았다. 그 사람이 일본어로 "어서…… 오세요?"라고 인사했다.

퐁은 여러 번 왔었는지 익숙해 보였다. 퐁이 가게 안에서 점원에게 편지를 보여주며 영어로 설명했다. 히토미도 따라 들어갔는데 지금껏 맡아본 적 없는, 약초인지 차인지 향료인지 알 수 없는 온갖 냄새가 콧속으로 훅 들어와서 머리가 띵 했다. 가게 안에 들어오기 전에는 인도 향신료라니까 카레 냄새가 날 줄 알았는데, 예상과 달리 훨씬 더 달고 쓰고 맵고 상상할 수 있는 모든 냄새를 모조리 섞어 놓은 듯한 복잡한 냄새가 풍겼다. 뭐라고 표현하면 좋을지 히토미는 알 수 없었다.

그러고 보니 상품 포장지에 무늬처럼 새겨진 글자가 편지에 적혀 있던 것과 비슷해 보였다.

편지를 본 가게 점원이 난감한 표정을 지으며 가게 안쪽에 있던 사람들을 데려왔다. 다 같이 책상을 둘러싸고 서서 손가락 끝으로 편지지 아래쪽에 적힌 영어를 따라 읽다가 "아아" 하는 감탄사를 흘리기도 하고 고개를 끄덕이기도 했다. 히토미 옆에서 퐁이 "인도는 다양한 언어를 쓰는 나라니까 분명 알 수 있을 거야"라고 격려해 주었다.

그렇지만 인도 각지의 언어와도 다른 모양인지 하나같이 고개를 갸우뚱거렸다. 편지를 돌려주면서 "타밀어도 아니고, 힌디어도 아니야"라고 말했다. "할머니가 빨리 나으시길"이라는 격려의 말도 빠뜨리지 않았다. 전원이 퐁과 히토미에게 빙글빙글 감긴 모양의 노란색 과자를 내밀었다. 둘이서 과자를 입안 가득 넣고 다디단 맛을 음미하며 가게 밖으로 나왔다.

베트남어도 아니고 인도어도 아니라면, 도대체 어느 나라 말일까? 퐁이 "점원 말로는 채소 가게에 가면 인도네시아 사람을 만날 수 있대"라고 해서 두 사람은 또다시 한참을 걸어 상점가까지 갔다. 히토미가 "미안해. 같이 가줘서 고맙고"라고 인사하자 퐁이 "그 편지. 무슨 뜻인지 알고 싶어"라고 대답해서 둘은 마주 보며 생긋 웃었다.

상점가에 들어서자 편의점과 100엔 숍과 약국이 보이고, 그 옆에 채소 가게가 있었다. 계산대에서 가게를 보고 있는 사람은 외국인이 분명했다. 안경을 낀 젊은 사람이었다. 손님이 별로 없어서인지 뭔가를 손에 들고 읽고 있었다. 계산대 위에는 참고서로 보이는 두꺼운 책도 여러 권 놓여 있었다. 그는 퐁과 히토미의 설명을 듣고 편지를 보자마자 "이건…… 인도네시아어가 아니야"라고 유창하게 일본어로 말했다. 자신은 일본에서 공부 중인 대학생인데 하숙집 주인이 채소 가게를 해서 여기서 아르바이트를 하고 있다고 설명했다.

그러고는 "잠깐만 기다려"라고 하더니 상점가 끄트머리에서 케밥 가게를 하는 튀르키예 사람에게 전화를 걸었다. 아르바이트생은 영어로 설명했다. 히토미는 '레터'라는 말만 겨우 알아들었다.

아르바이트생이 알려준 대로 상점가 끝에 있는 케밥 가게에 가보기로 했다. 유심히 살펴보니 상점가에 있는 중국집에서 도시락을 파는 사람도 중국인이고, 방금 스쳐 지나간 사람도 아시아 어딘가에서 온 사람 같았다. 편의점에서 계산대를 지키고 선 사람도 일본인은 아니었다. 대강 둘러보기만 해도 다양한 나라의 사람들이 살고 있음을 알 수 있었다. 지금까지는 관심이 없었기 때문에 눈에 들어오지 않았다.

풍과 같이 걷다 보니 붉은색 벽을 화려하게 장식한 가게가 나타났다. 창문에는 기둥처럼 생긴 고깃덩어리가 걸려 있었다. 일장기 옆에 달과 별이 그려진 깃발도 있었는데 그게 튀르키예 국기인 듯했다. 주황색 폴로셔츠에 수염을 기르고 곰처럼 활기가 넘치는 청년이 양쪽 눈썹이 축 처져 고개를 흔드는 걸 보고 편지 속 글자가 튀르키예어도 아니라는 것을 눈치챘다. 안쪽에서 이야기를 듣고 있던 할머니가 비실비실 걸어 나와 편지를 살펴보았다. 머리에는 스카프 비슷한 것을 두르고 있었다. 청년이 "부적 줄게"라며 파란색 구슬처럼 생긴 유리 장식품을 건네주었다. "고맙습니다." 히토미는 청년과 할머니에게 감사 인사를 했다. 부적이니까 증조할머니 침대 옆에 장식해 둬야지. 빛을 받아 파랗게 빛나면 엄청 예쁠 것 같았다. 깊은 바다를 닮은 색이라고 히토미는 생각했다.

풍이 편지를 한 장 복사해 달라고 해서 편의점 복사기에 10엔을 넣고 복사해서 건넸다.

집으로 돌아가는 길에 아까 만났던 채소 가게의 인도네시아인 대학생이 말을 걸었다. 자기가 다니는 학교의 언어학 교수를 소개해 주겠다고 했다. 일이 점점 거창해지고 있었다. 연구실로 전화를 걸었더니 마침 교수가 자리에 있어서 인도네시아인 대학생이 전화를 바꿔줬고, 히토미가 한 차례 설명을 마친 뒤에는 편지를 찍은 사진도 메일로 보내주었다.

그런데 교수도 이런 글자는 난생처음 본다고 했다. "어쩌면 서로 규칙을 정하고 암호처럼 썼을지도 모르겠군"이라는 말도 했다. "예를 들어 게임 속 주문처럼 특별한 언어는 아니지만 친구끼리라면 통하는 말일 수도 있지. 그렇다면 할머니가 직접 읽어보시기 전에는 아무래도……"라며 말을 얼버무렸다.

인도네시아인 대학생에게 감사 인사를 하고, 공원으로 돌아와서 퐁에게도 고맙다고 인사한 뒤 헤어졌다. 퐁이 복사한 편지를 손에 들고 "내용을 알게 되면 전화할게"라고 해서 집 전화번호를 알려주었다.

집에 와서 엄마에게 오늘 겪었던 모험을 털어놓자 굉장히 놀란 눈빛이었다. 편지도 보여주었다. 공원에서 베트남 사람이 마음을 담아 편지지 아래쪽에 써준 영어는 이런 내용이었다. 엄마가 번역해 주었다.

'이 편지를 읽을 수 있는 분 계시나요? 이 편지는 지금 병원에 입원 중인 할머니에게 온 편지입니다. 편지를 보낸 사람은 어릴 적에 헤어진 할머니의 친구입니다. 할머니는 눈이 잘 안 보이고, 아무도 이 편지를 읽을 수가 없어서 무척 곤란한 상황입니다. 친구가 세상을 떠나기 전에 마지막으로 보낸 소중한 편지라고 해요. 제발 도와주세요.'

목욕을 마친 히토미는 평소보다 이른 시간이지만 엄마에게 "잘래"라고 하고는 이불 속을 파고들었다. 오늘 하루 동안 많은 사람을 만났다. 하루 만에 아주 먼 곳까지 여행을 다녀온 기분이었다. 눈이 몹시 뻑뻑하고 피곤했다. 눈을 감자 오늘 봤던 익숙하지 않은 색감의 과자 포장지와 외국어 발음과 향신료 향기, 억양이 다른 일본어, 이름 모를 달콤한 과자의 기억이 한꺼번에 흘러나와서, 몸은 고단한데 머리와 눈이 묘하게 흥분되어 좀처럼 잠을 이룰 수가 없었다.

결국 알아낸 건 아무것도 없다. 튀르키예어도 아니고, 베트남어도 아니고, 인도네시아어도 아니고…….

할머니, 미안해.

손발 끝이 녹아들듯 서서히 힘이 풀리며 잠의 파도 속으로 빠져들었다.

며칠 후에 집으로 전화가 걸려왔다. 엄마가 수화기를 들고 약간 놀란 목소리로 통화를 이어나갔다. "응, 히토미 집 맞는데……"라는 말을 듣고 퐁이구나 싶었다. 냉큼 전화를 받았더니 갖고 있던 편지를 돌려주고 싶다고 했다. 히토미는 엄마에게 "잠깐 나갔다 올게"라고 말하고는 자전거를 타고 그때 그 공원으로 갔다.

퐁이 "미안. 편지 내용은 못 알아냈어"라며 미안한 얼굴로 편지를 돌려주었다. "괜찮아, 정말 고마웠어"라고 대답하면서 편지를 받았다. 그 편지를 본 히토미는 화들짝 놀랐다.

종이가 새까맸다.

앞면과 뒷면에 글씨가 빽빽이 적혀 있었다. 여러 나라 글자로 채워진 종이에는 일본어도 섞여 있었다.

'나는 불가리아에서 왔어요. 이건 불가리아어가 아니에요. 할머니, 힘내세요.'

'마케도니아어도 아니에요. 건강하시길 빕니다.'

여러 나라 사람들이 모국어와 일본어와 영어를 섞어가며 할머니를 위해 메시지를 하나하나 남겨주었다. 이 편지를 꼭 읽을 수 있기를 간절히 바라는 모두의 진심이 거기 담겨 있었다. 그 사람들의 지인, 그 지인의 지인을 거쳐 여행에서 돌아온 그 종이는 마치 롤링 페이퍼처럼 뒷면에도 메시지가 꽉 차 있었다.

"퐁, 다른 사람들에게 고맙다고 전해줘. 할머니도 기뻐할 거야"라고 말하자 퐁이 수줍게 웃었다.

히토미는 엄마와 함께 할머니를 병문안하러 가서 부적이라며 받은 파란색 구슬을 침대 옆에 달아 놓았다. 생각했던 대로 파란색이 예쁘게 빛났다.

끝끝내 편지 내용을 알아내지는 못했지만 사람들이 적어준 응원 메시지들을 할머니에게 읽어주었다. 상반신을 일으키고 침대에 기대앉은 할머니가 말귀를 알아듣는지 못 알아듣는지는 모르지만, 조용히 메시지에 귀를 기울이고 있는 것처럼 보였다.

"할머니가 했던 수업이 생각났어." 엄마가 조용조용 입을 열었다. "있잖아, 옛날에 어디선가 실험을 했었대. 그래서 할머니도 가르치던 아이들과 종종 그 게임을 했는데."

증조할머니와 게임이 단번에 연결되지 않아서 히토미는 의외라고 생각했다.

"반 아이들 40명이 게임을 하는 거야. 그때 첫 번째 규칙을 알려준대. '지금부터 절대로 말을 하면 안 된다.' 그다음에 팀을 나누고, 게임 규칙을 적은 종이를 나눠주는 거야. 게임 자체는 아주 간단해. 쌓아놓은 트럼프 카드 중 한 장씩 뽑아서 상대방 카드의 숫자보다 높은지 낮은지 확인하는 게임이거든. 이긴 사람은 1점을 얻고 코인도 하나 받을 수 있어."

히토미는 너무 단순한 게임이라고 생각했다. 재미가 하나도 없을 것 같았다.

"그런데 그 게임에는 비밀이 하나 있어. 게임에 참여하는 사람들은 모르지만, 사실 종이가 두 종류야. 숫자가 높은 사람이 이긴다, 숫자가 낮은 사람이 이긴다, 이렇게 서로 다른 규칙이 적혀 있는 종이를 임의로 나눠주는 거지."

히토미의 눈이 커졌다. "그러면…… 게임이 엉망이 될 텐데?"

"맞아. 도무지 게임이 진행되지 않아서 다들 화를 내거나, 그래도 말을 하면 안 되니까 손짓, 몸짓으로 싸우느라 아주 난장판이 되어버렸대. 규칙이 하나가 아니니까 어쩔 수 없잖아."

"그런 게임을 왜 하는 거야? 게임은 재밌어야 하는데,

반 분위기만 더 나빠지잖아."

"정말 무시무시했대. 설문 조사를 해봤더니, 규칙을 어긴 사람들이 터무니없는 주장을 해서 기분이 나쁘다 하고. 게임이 끝난 뒤에도 전부 입을 꾹 다물고 있더래."

당연하다. 분명 내가 이겼는데 상대방이 자기가 이겼다며 점수를 가로채려고 반칙을 쓴다면 누구나 화가 난다. 그런데 상대방과 내 규칙이 다르다면?

"그래서 나중에 트릭을 공개했지. 규칙이 두 가지였다고. 그때 할머니는 이렇게 물었대. '여러분, 아까 게임하면서 분위기가 험악해졌죠? 실제로 싸울 뻔한 팀도 있었고요. 그렇지만요, 처음부터 말을 하면 안 된다는 규칙이 없었다면 어땠을까요?'라고."

히토미는 골똘히 생각했다. "으음. 그러면 서로 자기 규칙을 설명하고 규칙이 두 가지라는 걸 알았겠지. 싸우지도 않고, 분위기도 나빠지지 않았을 거야."

"맞아. 그게 바로……."

"언어입니다."

침대 쪽에서 목소리가 들려왔다. 할머니의 두 눈이 이쪽을 향하고 있었다.

의지가 가득 담긴 눈빛이었다.

요즘 들어 병실에서 잠만 자던 할머니가 갑자기 정정해 보였다. 교단에 섰던 그 시절처럼.

"할머니!" 할 말이 너무 많은 엄마와 히토미는 당황한 나머지 무슨 말부터 해야 할지 몰라서 "할머니!"라는 한마디만 연거푸 외쳤다. 그러나 할머니는 눈을 한 번 끔뻑일 때마다 또다시 서서히 꿈속으로 빨려 들어가는 것 같았다.

"할머니, 돌아와!"

얼떨결에 히토미는 할머니의 오른손을 덥석 잡았다. 엄마도 할머니의 왼손을 꼭 거머쥐었다. 둘이서 할머니를 기억의 늪에서 끌어 올리고 말겠다는 듯이.

필사적으로 할머니의 의식을 붙잡고자 "할머니!" 하고 애타게 부르짖었다. 그러자 할머니가 뭐라고 중얼거렸다.

……싶네…….

뭐? 할머니가 지금 뭐라고 한 거야?

엄마와 히토미가 눈빛을 교환했다.

"방금. '보고 싶네'라고 한 거 같아."

졸음이 몰려왔는지 할머니는 그대로 까무룩 잠이 들었다.

보고 싶네…….

누가 보고 싶다는 걸까.

그날은 아침부터 책상 위에 편지지를 잔뜩 쌓아두었다. 편지를 쓰는 일은 익숙하지 않아서 힘들었다.

히토미는 끝내 편지의 내용을 알아내지는 못했지만, 수수께끼를 풀기 위해 도와줬던 사람들에게 감사 편지를 쓰고 싶어졌다.

'메시지를 적어주신 여러분, 고맙습니다. 편지를 읽지는 못했지만, 여러분이 증조할머니를 위해 써준 메시지는 절대 잊지 못할 거예요. 앞으로 여러 가지 언어를 공부해서 여러분에게 직접 감사 인사를 전할 수 있도록 노력하겠습니다. 고맙습니다. 오치 히토미.'

학교에 가서 여름 방학인데도 교무실을 지키고 있던 선생님과 의논하고, 원어민 영어 교사에게 도움을 얻어 영어로도 편지를 썼다.

처음에는 외국인이 많이 사는 동네에 가까이 가는 것조차 괜히 무서웠다. 언어와 생김새와 문화는 전부 다르지만, 직접 만나서 이야기를 나누자 다들 할머니 일에 마음을 써주었다. 히토미는 더 넓은 세상을 알고 싶고 더 많은 사람을 만나고 싶다는 마음이 생겼다. 이번 경험을 정리해서 '할머니에게 온 편지'라는 제목을 붙여 여름 방학 자유 연구 과제로 낼 생각이었다.

히토미는 편지와 답례로 줄 과자를 들고 퐁을 만나러 갔다. "씬 짜오! 깜 언 반 런 쯔억.안녕! 저번에는 고마웠어."

그날 갔던 길을 그대로 따라 걸으며 인사를 하러 다녔다. 맨 먼저 향신료 가게. "아파카 단야바드."✢ 그다음은 채소 가게. "트리마 카시 아타스 반투안 안다."✶ 이어서 케밥 가게. "메르하바, 테세퀴르 에데림."✷

그러던 차에 야기에게서 "할머니에 대해 알아보다가 뭘 좀 찾았어요. 창고에 있던 작은 상자에서 일기가 나왔습니다"라고 연락이 왔다.

혹시 괜찮으면 직접 얼굴을 보고 이야기하지 않겠냐고 해서 엄마가 컴퓨터로 화상 회의 프로그램을 연결했다.

야기는 미국에서 태어난 일본계 미국인 4세라고 했다. 나이는 엄마보다 몇 살 더 많아 보였다. 눈썹과 눈매가 갸름해서 얼굴만 보면 바로 옆집에 사는 일본인 아저씨처럼 생겼지만, 어딘가 원어민 교사를 닮은 표정과 손짓에서 미국 사람인 것 같은 인상을 풍겼다. 학창 시절 일본에서 장

✢ 힌디어로 고마워요.
✶ 인도네시아어로 도와줘서 고마워요.
✷ 튀르키예어로 안녕하세요, 고맙습니다.

기 유학을 했기 때문에 일본어도 유창했다. 히토미도 모니터에 얼굴이 비치도록 엄마 옆에 앉았다. 여기는 오전인데 야기가 사는 곳은 저녁 8시쯤 됐다며 방에 불이 켜져 있었다. 히토미는 지구는 정말 넓구나, 하며 속으로 감탄했다.

야기의 방에서 흰색 고양이가 "야옹" 하고 울며 카메라 앞을 지나가는 바람에 한바탕 귀여운 고양이 이야기를 나누며 분위기가 무르익었다. 고양이 이름은 모찌였다. 떡을 좋아하는 야기가 일본어로 이름 붙였다고 했다.

야기는 "할머니 유품에서 일기와 암호 같은 편지를 더 찾았습니다"라고 말했다. 그런 편지가 한두 통이 아니라고, 두 사람이 여러 차례 암호 편지를 주고받은 것 같다고 했다.

"일기를 보고 정확한 시기도 알아냈는데요, 암호 편지를 주고받은 건 재패니즈 인턴먼트Japanese Internment 때였던 것 같습니다." 야기는 일본어를 잘했지만 이따금 단어가 바로 생각나지 않으면 그 부분만 영어를 섞어서 말했다.

"네? 재패니즈 인턴먼트? 학교 이름이에요?" 조금도 이해하지 못한 히토미가 그렇게 물었다. 꼭 초등학교 이름 같았다.

엄마가 "저도 들어본 적은 있어요. 일본계 외국인 강제 수용소를 말하는 거죠? 전쟁 중에 미국에 살던 일본계 사람들을 강제로 거기로 몰아넣었다고……"라며 말을 얼버무렸다. 엄마의 목소리가 평소와 다르게 딱딱했다.

야기가 다시 말을 받았다. "그렇습니다. 저도 할머니께 직접 이야기를 듣지는 못했습니다. 전쟁 중에 겪었던 일에 관해서는 한마디도 안 하셔서……."

강제 수용소?

《안네의 일기》에서 읽어본 적은 있지만, 그건 유대인 이야기였는데?

왜 일본인이?

왜 할머니가?

야기가 찾아보니 마사코의 일기장에 암호 편지가 붙어 있는 건 1943년까지라고 했다.

야기가 일기장을 모니터에 띄워서 보여주었다. 편지가 붙어 있었다. 역시나 할머니에게 온 편지처럼 읽을 수 없는 암호로 되어 있었다.

그리고 일기장에는 서툰 글씨로 오빠가 군대에 들어갔다고 쓴 내용도 있었다.

일기에 따르면, 1943년에 기미에 가족이 툴리 호수 수용소로 이동하면서 마사코 가족과 떨어졌다고 한다. 전쟁이 끝난 후에 기미에 가족은 일본으로 돌아오고, 야기의 할머니인 마사코는 그대로 미국에 남아 일본계 미국인 2세로 살아왔다는 것을 알 수 있었다.

"근데 강제 수용소에서는 일본어를 쓰면 안 됐어요?" 히토미가 물었다.

"아니. 강제 수용소에는 학교도 있고, 일본어도 쓸 수 있었단다."

"그럼 왜 두 사람은 일본어가 아니라 굳이 암호로 쓴 편지를 주고받았을까요……."

"글쎄다……." 야기는 어떻게 설명해야 좋을지 망설이는 눈치였다. "시대가 시대였으니까…… 어려운 일도 많았을 거야."

야기가 도움이 되길 바란다며 과거 미시코의 일기와 서기 붙어 있는 기미에가 보낸 편지를 전부 스캔해서 보내주기로 했다.

화상 통화가 끝난 뒤에도 히토미는 "시대가 시대였다는 게 무슨 뜻일까……"라고 중얼거리며 이해가 가지 않는 그 말을 마음에 담아두었다.

일본어를 금지한 것도 아닌데 어째서 증조할머니와 마

사코 할머니는 굳이 암호로 된 편지를 주고받아야 했을까. 단순히 재미 삼아 그랬을까? 만약 그랬더라도 소중한 마지막 편지까지 암호로 보내지는 않았을 것이다.

더구나 마사코 할머니는 왜 인제야 미국에서 편지를 보내고 싶어졌을까. 비록 미국과 일본이 가깝지는 않지만 찾으려고 마음먹기만 하면 살아 있는 동안 얼마든지 편지를 주고받을 수 있었을 텐데.

편지에는 대체 뭐라고 적혀 있을까.

계속 편지 생각만 해서 그런지, 히토미는 불쑥 편지라는 수단이 있었구나…… 하는 생각이 들었다.

히토미의 머릿속에 여름 방학 직전에 절교한 하나의 얼굴이 그려졌다. 말로는 표현하기 어려워도 편지라면 제대로 마음을 전할 수 있을 것 같았다.

'하나. 그때는 내가 미안했어.'

이대로 잠자코 있으면 내 생각을 전할 수 없고 상대의 생각도 알 수 없다. 예전에 할머니가 학교에서 했던 '규칙이 다른 게임'처럼 누구에게나 자기만의 사소한 규칙이 있다. 하나와 나는 같은 언어를 사용한다. 내 생각을 말하고 하나의 생각도 들어보자, 그렇게 했는데도 관계가 회복되지 않는다면 그건 어쩔 수 없는 일이라며 각오를 다졌다.

그토록 자주 들락날락했던 하나네 집으로 향하는 발걸음이 무거웠다. 초인종은 누르지 않고 우편함에 편지만 달랑 집어넣은 뒤 집으로 줄행랑쳤다.

다음 날이었다.

"히토미, 하나 왔어"라고 엄마가 알려주었다. 허둥지둥 밖으로 나가 보니 하나가 눈을 살며시 내리깔고 "그때는 미안했어"라고 단숨에 말했다. 어제 히토미가 보낸 것과 비슷한 작은 편지가 하나의 손에도 들려 있었다.

결국 둘 다 서로 "미안해" 하면서 훌쩍거렸다. 그날은 둘이 함께 놀았다. 오랜만에 그렇게 놀았더니 혼자서 게임을 할 때보다 몇 배나 더 즐거웠다.

히토미는 집에 돌아가서 마사코가 보낸 수상한 편지 옆에 하나에게 받은 편지를 올려놓았다. 하나의 편지는 별 모양으로 복잡하게 접혀 있었다. 편지를 보내고 답장을 받는 건 정말 기분 좋은 일이라고 히토미는 생각했다.

증조할머니와 마사코 할머니는 어떤 마음으로 암호 편지를 주고받았을까.

분명 꼭 전하고 싶었던 말이 있었겠지.

궁금했지만 그 암호를 풀 수는 없었다.

저녁밥을 먹고 나서 엄마가 말을 꺼냈다. 언제나 중요한 이야기를 꺼낼 때면 탁자 위를 깨끗이 치우고 서로 마주 보고 앉았다.

"할머니와 할머니 친구가 암호 편지를 주고받았던 일 말인데. 이제 알 것 같아."

엄마는 야기가 보내준 마사코의 일기와 강제 수용소에 관한 책을 여러 권 읽고 나서 히토미에게 설명해 주었다. '1943년에 기미에 가족이 툴리 호수 수용소로 이동했다'던 일기에서 힌트를 얻은 것 같았다.

"1941년에 일본이 미국의 진주만을 공격하면서 전쟁이 일어났어. 그로 인해 당시 미국에 살고 있던 일본계 사람들은 집이나 토지에서 강제로 쫓겨났지. 미국에 살던 일본인이나 이민자들, 일본계라면 모두 적대국 국민으로 규정돼서 강제 수용소로 들어가게 된 거야."

증조할머니 세대가 겪었던 역사 이야기를 들으니 심장이 쿵쾅거렸다. 애꿎은 사람들이 범죄자 취급을 받다니. 왜 자기 집과 열심히 운영해 온 가게나 밭을 두고 수용소로 가야만 했던 걸까.

예전에 한번 히토미네 가족도 물난리가 날지도 모른다고 해서 학교로 대피한 적이 있다. 다행히 큰 피해 없이 이

튿날 무사히 집에 돌아왔지만, 다시는 정든 집으로 돌아가지 못할 수도 있고, 소중한 집이 엉망진창이 됐을지도 모른다고 생각하며 수용소에서 살아야 한다면 얼마나 고통스러울까.

그동안 아무 말도 하지 않았지만 증조할머니와 마사코 할머니는 그런 시간을 살아왔다.

만약 지금 다른 나라와 전쟁을 하게 된다면, 그 나라 사람과 사이좋게 지낼 수 있을지 히토미는 자신이 없었다. 서로 모르면 더더욱 그렇다. 두려울 수도 있다.

"강제 수용소 안에 있던 사람들끼리도 생각이 달랐어. 똑같이 미국에 살아도 나는 역시 일본인이지 미국인이 아니라고 생각하는 사람과, 난 이제 미국 시민이니까 미국에 충성을 맹세하겠다는 사람도 있었지."

"에이. 말도 안 돼…… 조상을 찾아보면 다 같은 일본인인데도?"

"그런 시대였으니까. 마사코 할머니 일기장에도 오빠가 군대에 들어갔다고 적혀 있었잖아."

"군대……."

엄마는 진지한 얼굴로 덧붙였다.

"미군이 됐다는 말이야."

어떻게 그런 일이. 내가 할머니라고 생각하면, 나와 친한 친구의 오빠가 일본과 맞서 싸우게 됐다는 뜻이잖아. 만약에 그 사람이 하나의 오빠라면?

"말도 안 돼…… 같은 민족끼리 어떻게."

"강제 수용소에 들어간 건 똑같은 일본계 사람이 맞아. 그렇지만 만약에 히토미도 앞으로 일본에 돌아갈 생각이 없고, 일본에는 집이나 친척도 없고, 앞으로는 미국에서 열심히 살아가야겠다고 마음먹고 있었더라면 어땠을까? 미국에서 태어나 일본에는 한 번도 가본 적이 없다면? 미국에 사는 것 말고는 다른 방법이 없다면?"

히토미는 머리를 싸안았다.

"그때는 일본과 미국, 어느 쪽 편을 들더라도 둘 다 잘못된 게 아니야. 사람마다 사정이 다르니까. 그런데 수용소 안에 있던 사람들은 점점 자신과 의견이 다른 사람을 부정하고 적대시하게 됐어. 할머니가 있던 수용소도 마찬가지였어. 각자의 견해에 따라 그룹이 나뉘었고, 그중 어떤 그룹은 툴리 호수 수용소로 가야만 했어. 한 가지 확실한 건 할머니네 가족과 마사코 할머니네 가족은 서로 견해가 달랐다는 거야."

어쩐지 쓸쓸한 기분이었다.

두 사람은 옆집에 살면서 친자매처럼 자랐다.

히토미는 학교에서 규칙이 다른 게임을 해야만 했던 할머니의 마음을 이제야 알 것 같았다. 아이들에게 나눠준 규칙은 둘 다 정답이었다. 거기에는 정의도 없고, 불의도 없었다.

전쟁이 끝난 후에 SNS 같은 걸로 연락하면 됐을 텐데, 요즘은 컴퓨터도 있으니까 서로 얼굴을 보면서 이야기할 수도 있다고 쉽게 생각했다. 하지만 그렇게 간단한 문제가 아니었음을 깨달았다.

야기가 머뭇거리던 이유도 알 것 같았다. 평화로운 시대였다면 내내 옆집에 살면서 서로 도우며 지냈겠지만, 증조할머니 가족과 마사코 할머니 가족은 전쟁으로 인해 물리적인 거리뿐 아니라 심리적인 거리까지 멀어져 버렸는지도 모른다.

그런 상황에서 두 사람은 어떤 심정으로 암호 편지를 주고받았을까.

아침에 잠에서 깬 히토미는 무심코 책상 위에 있던 하나의 편지로 시선을 보냈다. 둘이 화해한 기념으로 장식해 놓은 것이다.

별 모양으로 예쁘게 접은 종이 사이로 히라가나가 살짝살짝 엿보였다.

뭔가 생각이 날 듯 말 듯했다.

종이가 접혀서 일부만 보이는 히라가나가 뭔가와 닮았다. 뭐였지…… 어디서 봤는데?

문득 그 암호 편지에 적혀 있던 글자 모양과 비슷하다는 걸 깨달았다.

허겁지겁 마사코가 보낸 수상한 편지를 펼쳤다.

설마, 이게, 히라가나라고?

필기체처럼 멋스럽게 붙여 쓴 글씨가 대각선 윗부분만 남겨둔 히라가나처럼 보였다. 히토미는 메모지를 꺼내 히라가나 50음도를 한 장에 한 자씩 쓴 다음, 삼각형이 되도록 종이를 비스듬하게 접어서 삼각형의 직각 방향이 위로 가게 했다. 그러자 편지에 적혀 있던 암호와 비슷한 모양이 나타났다. 하나씩 떼지 않고 붙여 쓰면 편지의 암호처럼 될 것 같았다.

히토미는 편지와 접은 히라가나를 하나씩 맞춰 보면서 조건에 맞는 글자를 노트에 써넣었다.

기마그고네우원야?

도무지 말이 되지 않아서 그만 포기하려다가 이번에는

전체를 세로로 놓고 읽어보았다.

기 마 그 고 네 우 원 야
미 워 네 싶 가 리 한 마
에 나 또 어 좋 는 친 사
고 무 타 난 아 영 구 코

―기미에 고마워 나무 그네 또 타고 싶어 난 네가 좋아 우리는 영원한 친구야 마사코

온몸이 덜덜 떨렸다.
야기가 보내준 데이터 중에서 할머니가 보낸 마지막 편지를 열었다.
같은 방식으로 해독해 보았다.

―어떤 일이 있어도 우리는 영원한 친구잖아 기미에

마침내 알아냈다. 천국택배가 배달해 준 편지는 할머니의 편지에 대한 마사코의 대답이었다.

―어떤 일이 있어도 우리는 영원한 친구잖아 기미에

―기미에 고마워 나무 그네 또 타고 싶어 난 네가 좋아 우리는 영원한 친구야 마사코

외출 중인 엄마에게 서둘러 전화를 걸었다. 히토미의 목소리가 너무 절박해서 무슨 사고라도 난 줄 알았는지 엄마는 "괜찮아? 히토미, 진정해!" 하고 소리를 질렀다. 히토미가 편지에 적힌 내용을 알아냈다고 하자 "알았어, 금방 갈게"라는 대답이 돌아왔다.

엄마에게 글자 모양과 읽는 방향을 설명했다. 엄마는 "그랬구나, 1943년이면 할머니가 여덟 살이고 마사코 할머니도 비슷한 나이였으니까, 히라가나로 된 암호라면 둘 다 한자 사전을 찾아보지 않고도 알 수 있었겠구나"라며 중얼거렸다.

"빨리 병원 갈 준비해"라는 엄마의 말에 허둥지둥 편지를 챙겼다. 엄마가 운전하는 차에 올라탔다.

할머니에게 빨리 알려줘야지.

히토미는 편지를 가슴에 꼭 껴안았다.

어떤 사정이 있었는지는 몰라도 일본계 수용소에서 마사코는 끝끝내 이 마지막 편지를 친구에게 전하지 못했다.

그리고 평생 그 편지를 가슴에 담아두고 살았다. 숨이 끊어지려는 그 순간까지.

'영원한 친구'라는 한마디도 전하기 쉽지 않았던 시대를 상상했다.

전쟁만 일어나지 않았더라면 두 사람은 평생 좋은 친구로 남았을지도 모른다.

병원에 도착하자마자 엘리베이터로 달려갔다. 손에는 편지 봉투를 쥔 채였다.

이 편지는 긴 시간을 건너 일본으로 왔다.

천국택배 택배 기사를 거쳐 증손녀인 히토미에게 당도한 이 편지를 퐁이 들고 다니면서 여러 사람에게 물어봐 주었다. 친절한 베트남 사람이 영어로 설명을 적어줬고, 인도 사람들도 이 편지를 읽어주었다. 인도네시아에서 온 대학생의 손에서 튀르키예인 청년과 대학교 교수의 손으로 옮겨졌다. 한 명, 한 명의 메시지가 더해지면서 다양한 나라 사람의 손으로 건너갔다. 눈과 머리색도 다르고 관습과 역사와 기도하는 방식까지 다 다르지만 마사코의 마지막 편지가 기미에에게 꼭 전해지기를 바라는 간절한 마음만은 모두 똑같았다.

병실에 들어가서 외쳤다. "할머니! 마사코 할머니에게서! 편지가 왔어요! 답장이 왔어요!"

78년 전의 답장이 지금 히토미의 손안에 있다.

제3화 마지막 달밤을 너와

정원수를 손질할 때 쓰는 전지가위는 손가락이 닿는 부분만 닳아 번쩍거렸다. 다케이 이와코는 자기 무릎 위의 전지가위를 보며 정말 근사하다고 생각했다. 평범한 가위는 이런 멋이 없다. 정원사인 아버지가 오랜 세월 세심하게 관리하고 아껴 써온 가위이기에 가능하다. 이와코는 언젠가 자신도 뛰어난 장인에게 전지가위를 벼려달라고 부탁하는 날이 오리라 기대했다.

이와코는 아버지가 운전하는 작업 차량 조수석에 앉아 현장으로 향했다. 작업용 승합차에는 다케이 조경이라는 글자가 큼지막하게 박혀 있다. 이 차를 깨끗이 세차한 것도 이와코다. 초등학교 3학년치고는 아버지의 조수 역할을 제법 잘했다. 아버지는 "고객의 정원을 제대로 가꾸려면 자기가 쓰는 도구와 차부터 철저하게 관리해야 한다", "안 보이는 부분일수록 더 신경 써야 한다"라고 입버릇처럼 말했다. 아버지는 밑바닥부터 시작해서 혼자 회사를 차렸으며 꼼꼼한 일솜씨를 인정받아 지금의 다케이 조경을 키워냈다. 이와코는 그런 아버지가 자랑스러웠다. 뒷좌석에 놓인 작업 도구도 한 치의 흐트러짐이 없었다.

차 안에는 세 사람을 찍은 귀한 가족사진이 부적처럼 걸려 있다. 사진 속에서 어머니 품에 안겨 있는 갓난아기가 이와코다. 이와코는 마음속으로 '오늘도 아버지랑 열심히 일하고 올게요'라고 천국에 있는 어머니에게 기도했다.

몸이 약했던 어머니는 딸이 일본식 정원에 풍취를 더하기 위해 군데군데 배치하는 돌처럼 강하고 씩씩하고 비바람에도 흔들리지 않기를 바라며 이와코岩子라는 범상치 않은 이름을 지어주었다. 부모님 눈에는 갓난아기 때부터 '바위 같은 아이'로 보였는지 모르지만, 이와코는 험상궂은 얼굴을 새긴 도깨비기와처럼 엄청나게 두꺼운 눈썹과 멀찍이 떨어진 눈, 콧구멍이 훤히 보이는 큼지막한 코와 옆으로 크게 벌어진 입, 굵은 목과 안짱다리가 눈에 띄는 아이다. 아버지가 여장을 한 게 아닐까 싶을 정도로 아버지를 빼다 박았다.

또한 이와코는 영리하고 배짱도 두둑했다. 아주 어릴 때부터 정원사 일을 무척 좋아했으며 어린이집에 다니던 시절에는 눈동냥으로 보고 배운 보라인 매듭과 클로브 히치 매듭법까지 따라 할 줄 알았다. 아버지는 앞으로 자기 뒤를 이을, 눈에 넣어도 아프지 않을 만큼 사랑스러운 딸에게 작업 현장을 보여주는 것이 싫지 않았다.

오늘 아버지는 작업화에 각반을 차고 회사 이름이 새겨진 남색 시루시반텐✧을 입고 물방울무늬가 그려진 수건을 이마에 둘렀다. 아버지를 따라온 이와코는 어린이용 작업화를 신고 딱 맞는 작업용 덧옷을 입었다.

그렇다고 아버지가 모든 현장에 이와코를 데리고 다니는 건 아니다. 오늘 가는 곳은 특별한 장소다. 바로 야이다 가家의 대온실이다.

야이다 가에는 대대로 이어져 온 훌륭한 일본 정원이 이미 있는데도 식물 애호가였던 현 당주의 할아버지가 별채를 없애고 거기다 대온실을 만들어 버렸다. 개인 소유의 온실 규모를 월등히 능가하는 그 온실은 그야말로 작은 식물원을 방불케 했다. 거기에 돈을 쏟아붓고 희귀한 열대

✧ 등이나 옷깃에 상호 따위를 염색한 윗도리로, 점원이나 육체노동자들이 작업복으로 많이 입는다.

식물과 난초를 한가득 심어 지상 낙원처럼 만들었다. 식물원이란 고대 이집트와 그리스 왕족이 신기한 식물들을 모아 심으면서부터 시작됐다던데, 희귀하고 아름다운 식물을 곁에 두고 싶어 하는 마음은 고대나 현대나 마찬가지인 모양이다.

아버지는 그 야이다 가가 인정하고 온실 출입을 허락한 몇 안 되는 정원사 중 한 명이었다. "대가는 죽을 때까지 공부해야 한다"라며 아버지는 쉬는 날에도 논문을 읽거나 해외의 원예 전문가와 바이어, 식물 채집가와 정보를 교환하며 시간을 보냈다. 아버지는 야이다 가의 온실을 1년 내내 가장 좋은 상태로 유지하는 것을 자기 인생의 업으로 여기는 사람이었다.

자신도 나중에 아버지와 같은 대가가 될 거라며 이와코는 의욕을 불태웠다. 벌써 "식물 하면 이와코지"라며 전문가들도 혀를 내두를 만큼 식물 이름을 줄줄 외우는 식물 박사였고, 매일매일 식물에 관한 도감과 전문 서적을 읽으면서 지식을 넓혀 나갔다. 이미 동네 식물원의 단골손님인 데다, 식물을 관찰하다가 궁금증이 생기면 그 자리에서 바로바로 질문을 던졌기 때문에 학예사들도 얼굴을 익혀 "이와코 왔구나"라고 인사를 건넬 정도였다. 식물학 권위자에게 "이와코, 나중에 꼭 우리 학교로 와야 한다"라는 말까지 들었다.

　후학을 양성하기 위해 아버지가 이와고를 야이다 가의 온실에 데려갔던 날, 이와코는 도감에서만 볼 수 있었던 마스데발리아 토바렌시스 군생과 풍선난초와 웰위치아를 직접 보고 감동한 나머지 저절로 눈물이 났다. 식물을 좋아하는 야이다 가의 당주, 야이다 가네고로도 그 모습을 보고 이와코가 마음에 들었는지 스케치도 하게 해주고, 자른 가지로 식물 표본을 만들어도 된다고 허락해 주었다. 야이다 가의 온실은 희귀하고 값비싼 식물이 많을 뿐 아니라 외부에 정보가 나도는 것을 우려해서 일반인은 출입할 수 없는 특별한 장소였다. 잡지와 방송국 취재도 죄다 기절했다. 이곳은 오로지 야이다 가문 사람에게만 허락된, 더없이 호사스러운 공간이었다. 그러니 이와코에게 출입을 허용한 일 자체가 기적과도 같았다.

　야이다 가의 온실을 방문할 때마다 이와코는 식물 스케치에 필요한 스케치북과 식물 채집용 통을 어깨에 메고 왔다. 아버지를 돕는 틈틈이 스케치를 하고 표본을 채집하기 위해서였다.

　조수인 이와코가 할 수 있는 일은 얼마든지 있었다. 식물은 살아 있다. 살아 있으면 변화가 있기 마련이다. 바닥에 떨어진 꽃잎과 잎사귀를 깨끗이 쓸고 아버지가 자른 나뭇가지를 줍고 연못을 청소하고 시들어 가는 꽃잎을 하나씩 하나씩 떼어낸다. 오늘도 이와코는 일손을 잠시 멈추고 정말 아름답다고 감탄하며 온실을 한 바퀴 둘러보았다. 볼 때마다 감탄사가 절로 나왔다. 온실 중앙에 서면 아름다운 열대림 속에서 길을 헤매는 듯한 기분이 든다. 온도와 습도를 완벽하게 관리하므로 여기서 신선한 공기를 깊이 들이마시면 마음이 편안해졌다. 싱그러운 꽃 내음이 코끝에 닿았다.

온실은 SF 영화 속 길거리에 등장할 법한 팔각형 유리가 복잡하게 얽힌 거대한 돔처럼 생겼다. 중앙을 굉장히 높게 만들었기 때문에 거인의 부채처럼 아름다운 잎사귀가 달린 부채파초와 키가 큰 맹그로브와 베트남 동백 같은 열대 지방의 수목이 울창하게 우거지더라도 천장까지는 닿지 않는다. 중간에 커다란 돔이 있고 좌우에 작은 돔이 하나씩 있는데, 각각 열대와 사바나와 고산 식물을 나눠서 관리하므로 온도와 습도가 달랐다. 바로 옆에는 파종과 삽목과 묘목을 관리하는 관리용 소형 온실도 있었다. 고산 식물이 모여 있는 돔에는 땅속에 쿨 튜브를 깔아 한여름의 무더위로부터 식물을 지킬 수 있게 했다. 중앙 돔의 가운데쯤에는 열대의 희귀한 연들이 차례차례 꽃을 피우는 연못이 있는데, 연못에는 이와코가 올라서도 될 만큼 거대한 잎이 달린 아마존빅토리아수련과 빛의 양에 따라 검은빛을 발산하는 것처럼 보이는 환상적인 연꽃도 있다. 한쪽 구석에는 폭포까지 있었다. 폭포 근처에는 사시사철 알록달록 무지개가 뜬다. 워낙 경치가 빼어나서 가만히 서서 몇 시간 동안 졸졸 흐르는 개울물 소리만 들어도 질리지 않을 것 같다는 생각이 들었다.

아쿠타가와 류노스케✢의 《거미줄》에서 석가모니가 거닐었다는 극락의 연못도 분명 이렇지 않았을까. 어머니도 지금쯤 이런 곳에서 살고 있을 거라고 이와코는 믿었다.

그때 무슨 소리가 들렸다. 어른들끼리 대화를 나누는 중에는 아버지를 방해하면 안 된다. 고객과 같이 있을 때는 더더욱.

이와코는 주위를 살펴보았지만 아무도 보이지 않았다. 가만히 귀를 기울이자 온실 유리 너머에서 누군가의 울음소리가 들려왔다.

✢ 일본 근대 문학을 대표하는 소설가. 그의 업적을 기려 제정한 아쿠타가와상은 현재까지도 일본 최고 권위의 문학상으로 인정받고 있다.

흑흑, 서글프게 흐느껴 울었다.

온실 밖으로 나가자 울음소리가 더욱 또렷해졌다. 소리를 따라가다가 목소리의 주인을 발견했다. 장난감 비행기가 나뭇가지에 걸려서 어쩔 줄 몰라 우는 것 같았다. 유치원생쯤으로 보이는 피부가 하얀 남자아이. 검은색 반바지에 흰색 셔츠를 입고 있었다.

"왜 울어?"

"비행기가 나무에 걸렸어"라고 힘없이 대답한 남자아이는 자기가 내뱉은 말 때문에 한층 더 슬퍼졌는지 두 눈에 눈물이 그렁그렁했다.

이와코는 바지 주머니 옆에 차고 있던 수건을 꺼내서 허공에 탁탁 턴 다음, 아이의 얼굴에서 눈물과 콧물을 싹싹 닦아주었다. 그러고는 "잠깐만 기다려" 하더니 가볍게 나무에 올라가 비행기를 빼내 왔다. 이와코에게 나무 타기는 누워서 떡 먹기였다.

"자" 하며 비행기를 건네주자 남자아이가 눈빛을 반짝거리면서 "나도 올라가 보고 싶어"라고 말했다.

"누나가 잡아줄 테니까 올라가 봐, 쉬워"라고 했지만 남자아이는 팔 힘이 약한지, 악력이 아예 없는지 통 오르지를 못했다. 간신히 울음을 그쳤나 싶었는데 분한 마음에 또다시 으앙 하며 울음을 터뜨렸다.

이와코는 "울지 말고, 뚝! 자, 오른손으로 가지를 잡고! 할 수 있어!" 하며 소리쳤다. "아니지! 다리는 이렇게. 이렇게 걸쳐야지"라면서 시범을 보이고 있을 때였다.

"이와코, 뭐 하는 거야!" 아버지가 급하게 달려왔다. 얼마나 놀랐으면 얼굴이 사색이 되어 있었다. 뒤이어 약식 기모노를 입고 느긋하게 걸어오는 야이다 가의 당주에게 아버지가 머리를 조아렸다. 남자아이는 "내가 나무에 올라가고 싶다고 했어"라며 의기양양하게 말했고, 당주는 잘했다며 아이의 머리를 쓱쓱 쓰다듬었다. 남자아이는 당주인 야이다 가네고로의 손자였다. 당주의 아들이 이미 쉰이 넘은지라 설마 이렇게 어린 손자가 있으리라고는 상상도 하지 못했다.

당주가 빙그레 웃으며 "이와코, 내 손자 히로유키를 잘 가르쳐 주렴" 하고 부탁했다. "네, 알겠어요. 다시는 울지 않도록 나무 타는 법을 똑똑히 가르쳐 주겠습니다"라고 이와코가 대답하자 옆에서 아버지가 작은 목소리로 "이 녀석아" 하며 딸을 나무랐다.

그날부터 히로유키는 이와코가 오면 온실로 쪼르르 달

려왔고, 그렇게 두 사람은 함께 어울려 놀았다.

아버지가 "히로유키가 떨어지면 큰일 난다"라며 나무는 절대로 오르지 못하게 하라고 해서 두 번 다시 시도할 수 없었지만, 일하는 짬짬이 딱딱한 열매를 모아 튕기며 놀기도 하고, 잎사귀를 접어 풀피리나 곤충을 만들어 주기도 하면서 히로유키를 웃게 했다. 같이 그림도 그렸다. 청진기 두 개를 들고 와서 나무에 갖다 댔더니 안에서 꾸르륵하고 생명의 소리가 들렸다. 깜짝 놀란 두 사람의 눈동자가 마주쳤다. 움직이지 않아도 나무는 살아 있다는 사실을 새삼 확인했다.

히로유키는 유치원에 가도 누구와도 말을 섞지 않고 무리와 떨어져 혼자 있을 때가 많은 아이였다. 그런 아이가 이와코만 보면 "이와코 누나, 이와코 누나" 하면서 재잘대고 깔깔 웃는 모습에 야이다 가문 사람들도 기뻐했다. "이와코는 언제든지 환영이다"라는 말까지 들었다.

이와코와 히로유키는 좋은 친구였다. 이와코는 열대 식물을, 히로유키는 난초를 특히 좋아했지만 식물을 좋아한다는 점은 같아서 식물 얘기만 나오면 두 사람 다 들떠서 말이 많아졌다.

한번은 아버지가 친구와의 술자리에서 "홀아비 혼자 키

우다 보니…… 좀 더 세심하게 신경 써서 여자애답게 키웠어야 했나"라고 말하는 것을 이와코가 우연히 들은 적이 있다. 이에 아버지 친구는 "웬 헛걱정이야, 여자애는 결혼할 나이가 되면 촌티를 싹 벗고 예뻐지게 돼 있어"라고 대꾸했다.

하지만 이와코는 초등학교 고학년이 되자 팔다리에 굵은 털이 나더니 눈썹도 한일자로 이어지고 웃을 때면 아하하하 개성적인 너털웃음을 터뜨려서, 이와코라고 하면 '그 바위 같은 아이'를 떠올리고 아무리 이름을 잘 외우지 못하는 사람이라도 '이와코'라는 이름은 잊지 않았다.

이와코는 거리낌 없는 성격 덕분에 친구도 많고 교사들의 신망도 두터웠다. 누가 "진짜 못생겼다!" 하고 놀리면 "맞아, 내가 못생긴 거에 뭐 보태준 거 있어?"라며 눈총을 주어 상대가 다시는 찍소리도 내지 못하게 했다. 이와코는 특유의 당당한 풍채와 박력으로 말을 함부로 하는 사람을 되려 부끄럽게 만들어 시답잖은 험담 따위는 뿌리째 뽑아버렸다.

한편 히로유키는 누구나 한번 보면 잊지 못할 만큼 우수에 찬 미소년으로 성장했다. 전체적으로 몸에 색소가 옅은 편이어서 회색빛 눈동자를 기다란 속눈썹이 감쌌다. 사립 초등학교에 입학한 뒤에도 사람들과 대화하는 것을 불편해하는 성격은 그대로였고, 변함없이 이와코만 보면 "이와코 누나, 이와코 누나" 하며 딱 달라붙어서 졸졸 따라다녔다. "학교 가기 싫어. 매일 여기서 이와코 누나랑 놀고 싶어"라고 칭얼대면서 걸핏하면 울음보를 터뜨리는 것도 여전했다. 이와코는 자기보다 네 살 어린 히로유키를 친동생처럼 귀여워했다.

아버지가 가지치기한 나뭇가지를 모아 차에 싣는 일을 항상 솔선해서 했기 때문인지 이와코는 팔뚝에도 제법 단단한 알통이 생겼다. 중학생이 된 그는 몇몇 운동부에서 스카우트 제의를 받았지만 죄다 거절하고 새로 원예부를 만들었다. 체육복을 입고 이마에는 수건을 질끈 동여맨 채 작업화를 신고 접이사다리에 올라 교내 나무들을 보기 좋게 손질했다.

이와코와 히로유키는 쭉 사이가 좋았다.

이와코는 조경 관련 고등학교에 진학했고 원예에 관해 깊이 탐구하고자 날마다 꾸준히 노력했다. 물론 기술적인 재능도 있었지만 식물을 향한 관심과 탐구심이 남달랐다.

"이와코 누나, 왜 이렇게 늦었어?"

히로유키가 온실에서 계속 기다렸는지 부루퉁한 얼굴로

입을 비죽거렸다.

"기능경기대회 연습이 길어졌어. 돌을 배치하는 게 마음대로 안 돼서. 미안" 하고 사과한 뒤 곧장 접이사다리에 올라 난초꽃을 솎아냈다. 이와코는 이틀 동안 실력을 겨루는 기능경기대회에 조경 종목 선수로 선발되었다.

"이와코 누나는 그런 연습 안 해도 돼."

"학교 대표로 나가는 거니까 연습은 당연히 해야 하고, 다케이 조경과 내 이름을 걸고서라도 절대로 질 수 없어."

"이와코 누나는 나랑 결혼해서 여기서 계속 살 테니까 그런 건 할 필요 없어."

갑작스러운 히로유키의 말에 하마터면 줄기를 댕강 자를 뻔했다. 아직 초등학생이어서 자기 가문이 얼마나 대단한지를 모른다. 이와코는 뒤를 돌아보고 싶은 마음을 억누른 채 꽃잎만 땄다.

아무리 대회라고 해도 조경 기술을 어떻게 겨루나 싶겠지만, 화단에 돌을 배치하거나 깔 때 조금이라도 어긋나면 전체적인 균형이 깨지고 만다. 잔디 하나를 까는 것만 봐도 초보자인지 베테랑인지 한눈에 알아볼 수 있다. 경험치와 함께 모양을 멋스럽게 살릴 줄 아는 감각도 중요하지만, 살아 있는 나무와 꽃을 만지는 일인 만큼 자연을 대하는 마음가짐이 가장 중요하다.

성적도 좋고 교사들의 신뢰도 두터워서 이와코를 시기하거나 개성 있는 외모를 놀리는 아이들이 아예 없는 건 아니었지만, 이와코는 아무리 심한 말을 들어도 타격을 전혀 입지 않았다.

기능경기대회를 보러 온 히로유키가 "이와코 누나!" 하고 큰 소리로 부르며 달려오길래 "히로유키, 뛰지 마"라고 말하며 깔깔대다가 지팡이를 짚고 따라오는 야이다 가의 당주를 뒤늦게 알아보았다. 이와코는 바짝 언 채로 두 사람을 맞이했다.

"여기까지 와주셔서 감사합니다." 이와코가 허리를 숙여 인사했다.

"보러 온 보람이 있네." 당주가 이와코가 만든 정원을 칭찬했다. 아쉽게도 금상은 놓치고 은상을 받았다.

"1등은 못 했지만, 제가 만든 것보다 더 수준 높은 정원을 볼 수 있어서 좋았습니다."

"내 눈에는 우리 이와코 누나가 항상 1등이야. 오늘도 1등이었어"라고 히로유키가 천진하게 이와코 편을 들자 당주가 어색하게 웃으면서 말했다. "히로유키, 이와코한테 폐 끼치면 안 돼. 다케이 조경의 귀한 후계자니까."

황송해하면서도 이와코는 생각했다. 야이다 가문으로선 아무것도 신경 쓰이지 않겠지. 히로유키가 '우리 이와코 누나'라고 해도 당주는 조금도 당황하는 기색을 보이지 않았다. 왜냐하면 자신은 정원사의 딸이며 정원사의 딸 역시 정원사이기 때문이다. 만에 하나 자신이 명문가의 딸이라면 그 말을 들은 당주의 얼굴색이 달라졌으리라. 온실 출입을 허락하고 히로유키와 친하게 지내도록 내버려둔 것도 이와코가 자신의 처지를 잘 파악하고 있기 때문일 것이다. 그런 사실은 이와코 스스로가 제일 잘 알았다.

이와코는 히로유키와 사이좋은 형제처럼 지내기 위해 일부러 자기 안의 여성성을 지워 나갔다. 항상 쇼트커트보다 더 짧게 자른 머리와 작업복 차림을 유지했다. 근력 운동으로 체지방을 줄이고 얇은 천으로 작업복 아래의 가슴을 꽁꽁 싸맸다. 말할 때도 최대한 씩씩하게 하려고 노력했다.

아무도 알아차리지 못하기를.

이와코의 바람은 오직 하나였다.

평생 온실에서 히로유키와 함께 있고 싶었다. 언제까지고 함께……

히로유키는 이와코가 오는 요일마다 온실 입구에서 기다렸다. 자동차 소리가 들리면 고개를 번쩍 들고 냅다 달려오는 건 유치원생 때나 지금이나 똑같다. 장난감 비행기가 나무에 걸렸다며 울다가 나무에 올라가고 싶다고 졸라서 이와코가 밀어줬던 그날 이후로 쑥쑥 자라더니 지금은 어느덧 히로유키가 이와코를 굽어보게 되었다. "이와코 누나, 이거 좀 봐." 히로유키가 싱거운 미소를 내비치며 묘목을 들고 왔다. 그가 소중하게 들고 있는 것은 덩굴성 식물 묘목이었다. 키가 40센티미터 정도밖에 되지 않는 어린 나무였다. 이와코가 "비취 덩굴?" 하고 묻자 고개를 끄덕이며 "같이 심자"라고 대답했다.

비취 덩굴은 이름 그대로 필리핀 루손섬에서 자생하는 덩굴성 식물로, 현재는 멸종 위기종으로 지정되어 있다. 필리핀 현지에서는 왕성하게 자라지만 일본에선 키우기가 쉽지 않다. 기온이 10도 이하로 내려가기만 해도 말라 죽기 때문이다. 오키나와처럼 겨울에도 따뜻한 지역에서는 밖에서도 잘 자라지만, 겨우내 실내에서만 키우면 일조량이 부족해진다. 환경이 조금만 달라져도 금방 죽기 때문에 이동도 금한다. 일조량을 확보하고 겨울에도 10도 이상을 유지하려면 온실이 필요하다. 크기가 작으면 소형 온실에서도 충분히 키울 수 있지만 비취 덩굴은 20미터까지 자란다. 게다가 밑동이 웬만큼 굵지 않으면 꽃도 잘 피우지 않아 결과적으로 비취 덩굴은 혼슈*에선 식물원에 가야만 볼 수 있는 귀한 존재였다.

또한 덩굴 방향을 바꾸려고 함부로 만지거나 옮겨 심다가 뿌리를 조금만 다쳐도 금방 상태가 나빠지고 심하면 죽을 수도 있는 섬세하고 까다로운 식물이다.

그런데도 히로유키가 비취 덩굴을 심고 싶어 하는 마음을 이와코는 모르지 않았다. 비취 덩굴은 그 이름에 걸맞게 황홀하리만치 예쁜 꽃을 피운다. 이와코도 처음 실물을 보았을 때 자연에 이런 꽃이 있다는 사실이 믿기지 않아 비취색 덩굴 앞에서 헉하고 숨을 들이마셨다. 실물은 도감에서 봤을 때보다 훨씬 더 색이 선명하고 단단한 광택이 났다. 꼭 보석 같았다. 꽃을 두드리면 쨍쨍 소리가 나진 않을까 싶었다. 등나무처럼 비취색 꽃을 주렁주렁 매달고 사람 키만큼 늘어져 있는 모습은 실로 장관이었다.

둘이서 어디에 심으면 좋을지 고심하다가 아버지에게 물어본 뒤 나중에 덩굴 방향을 유인하기 쉽도록 벽 쪽에

---

* 일본 열도를 구성하는 네 개의 본섬 중 주가 되는 섬.

심었다. 뿌리가 다치지 않도록 조심스레 화분에서 빼내고 기도하는 마음으로 흙을 덮어주었다. 둘이 함께 갓난아기를 재우는 듯한 손놀림으로 조심조심 흙을 눌렀다.

이 비취 덩굴이 꽃망울을 맺을 무렵이면 우리는 어떻게 지내고 있을까. 불현듯 이와코는 그런 생각에 빠져들었다.

"이와코 누나, 이 비취 덩굴은 언제쯤 꽃을 피울까?" 히로유키가 물었다. "기대된다. 꽃이 피면 같이 축하하자."

사람들은 나무를 심을 때 아직 오지 않은 미래를 상상한다. 이 나무가 자라면. 꽃이 피면. 열매를 맺으면. 이와코가 유난히 식물을 좋아하는 이유도 어쩌면 미래를 향한 희망을 담을 수 있기 때문인지도 모른다.

"글쎄. 비취 덩굴은 식물원에서도 감당하기 힘들 정도로 까다로운 애라서. 무사히 필 수 있으려나."

"괜찮아. 우리가 계속 돌봐줄 거니까." 히로유키가 웃었다. "그렇지?"

이와코는 비취 덩굴에 꽃망울이 맺힐 즈음에도 지금처럼 히로유키와 함께할 수 있기를 바랐다.

전문학교를 졸업한 이와코는 아버지 회사에 들어가 정식으로 일을 배웠다. 1년이라는 수습생 기간이 눈 깜짝할 사이에 지나갔다.

이와코는 오늘 처음으로 시루시반텐을 입었다. 남색 겉옷에 다케이 조경이라는 글자를 새긴, 이와코를 위한 옷이었다. 정원사용 시루시반텐을 전문으로 하는 장인의 손을 거친 이 옷은 정식 사원증과도 다름없었다. 정말 자랑스러웠다. 지금까지는 평범한 작업복을 입었지만, 작업화를 감싼 각반과 회사 이름이 새겨진 상의와 짧게 친 머리에 두른 물방울무늬 수건 덕에 완전히 정원사다워졌다. 전지가위도 오랜 시간 동안 강철을 두드려 만든, 평생 함께할 도구다.

다케이 조경에 이와코 또래의 신입사원도 들어왔다. 당연하게도 이 일은 여름에는 덥고 겨울에는 춥다. 흙을 뒤집어쓸 때도 있고, 모기나 독벌레에 쏘일 때도 있다. 무더위가 기승을 부리는 시기에는 송풍기가 달린 조끼를 입고 작업하는 사람도 있지만, 융통성이 없는 이와코의 아버지는 고객 앞에서 흐트러진 차림새를 보이는 것을 절대로 용납하지 않았다. 다른 조경 회사는 금발이든 은발이든 상관하지 않지만 다케이 조경에서는 금지였다.

이와코는 사장 딸이라고 직원들이 불편해할까 봐 짐을 나르거나 힘을 써야 하는 일처럼 모두가 기피하는 작업을

솔선해서 맡았다. 시루시반텐을 입을 수 있는 사람은 그리 많지 않다. 입사 초기에는 영락없는 날건달이더니 차츰차츰 장인의 눈빛으로 바뀌어 가는 사람도 있고, 맡겨만 주십시오! 최선을 다하겠습니다! 큰 소리를 떵떵 쳐놓고 사흘도 못 버티는 사람도 있어, 이와코 주변에도 참 여러 가지 일이 많았다.

이와코가 시루시반텐 차림으로 야이다 가를 방문한 첫날, "이와코 누나, 진짜 멋있다……"라며 히로유키가 훌쩍훌쩍 울음을 터트리는 바람에 괜히 쑥스러웠다.

"너도 이제 열여섯인데, 남자애가 아무 때나 훌쩍거리지 좀 마."

히로유키가 "기뻐서 눈물이 나는 걸 어떡해"라며 다시 울기 시작하자 이와코는 "못 살아"라면서 허리춤에 차고 있던 수건을 꺼내 탁탁 털어 히로유키 얼굴의 눈물 자국을 닦아주었다.

이와코는 행복감에 젖었다.

이제 겨우 정원사로서의 첫걸음을 내디뎠다. 1년 차라 아직 햇병아리에 불과하지만 앞으로 죽을 때까지 열심히 공부하면서 이 길을 걸어가야겠다고 다짐했다. 차례차례 나무 의사와 조경 기사와 조경 기술사 자격증도 땄다.

"그 못생긴 계집애가 어쩌고저쩌고" 하는 말이 들리면 멀리에서도 "저 불렀어요?"라고 일갈하고, 술버릇이 나빠 어린 여사원에게 추근대는 사람을 보면 "아이고, 사장님, 오랜만입니다! 제가 한잔 따라드릴게요. 자자, 마셔요, 마셔. 저기요, 여기 테킬라 한 병 갖다주세요! 자자, 마십시다!" 하면서 정면으로 돌파하고, 타고난 배짱으로 현장 감독들과의 교섭도 별 탈 없이 성사해 냈다. 건설 현장은 남자 냄새가 강하고 갑작스러운 사양 변경과 악천후로 공사가 연기되는 경우도 많아서 크고 작은 말썽이 끊이지 않는다. 그때마다 이와코는 기지를 발휘해서 헤쳐 나갔기에, 현장에서 문제가 생기면 젊은 사원들이 "뭐, 그렇게 하시죠. 이와코 씨가 뭐라고 하실지는 모르겠지만요"라며 이름을 들먹이기만 해도 나를 눈치를 보게 만드는 녀걸 '까까머리 이와코'로 이름을 날렸다.

시간이 흐르자 이와코 누님, 이와코 누님, 하면서 믿고 따르는 사람들과 팀 이와코라는 팬클럽까지 생겨났다. 자기 아이의 대모가 되어달라는 말도 들었다. 시원시원한 성격에 반해 사귀자고 하는 동료와 거래처 사람도 많았다. 그렇지만 이와코는 모든 청을 물리쳤다.

한편 원래부터 있던 지병이 더 나빠진 히로유키는 심장

에 부담이 가지 않도록 조심해야 했다. 정기적으로 통원 치료와 검사도 받아야 해서 대학을 졸업한 뒤에도 일정한 직업은 갖지 않고 깨어 있는 시간 대부분을 온실에서 보냈다. 회사원이 아니어서인지, 아니면 이발소에 가는 게 귀찮아서인지 연한 갈색 머리를 길러서 하나로 묶었다.

히로유키는 이와코를 봐도 전처럼 빠르게 달려오지 못하고 마음은 급해 죽겠는데도 천천히 걸어야 했다. 이와코는 난초가 어우러지게 핀 온실 저편에서 편안한 차림으로 느긋하게 걸어오는 희멀건 히로유키를 보며 온실 밖에 두면 금방 시들어 버리는 희귀하고 아름다운 꽃 같은 남자라고 생각했다.

"이와코 누나."

히로유키는 작업 중인 이와코의 등에 대고 말을 거는 것을 좋아했다. 언제나 히로유키가 먼저 말을 걸었다.

"응? 히로유키, 나뭇가지 떨어지니까 뒤로 물러서." 접이사다리 위에서 대꾸했다.

"이와코 누나 기다리다가 목 빠지겠어." 삭둑삭둑, 전지가위 소리가 울려 퍼졌다.

"온실 앞에서 안 기다리면 되잖아. 도착하면 전화할게."

"나랑 같이 살면 되잖아. 여기서."

한동안 묵묵히 가지를 잘랐다.

"……어떻게 그래. 회사 일도 있는데."

그대로 계속 가지를 잘라 나갔다.

그러자고 대답할 수 있다면 얼마나 좋을까. 언제까지고 이렇게 둘이 온실 안에서 시간을 보내며 내년에 필 꽃을 기다리고 싶다. 온실 안에서 나무가 자라는 모습을 보고 싶다. 온실과 함께 살아가고 싶다. 그래, 그러자, 라고 대답해도 된다면 당장이라도 그러고 싶었다.

삭둑삭둑, 이와코가 자른 나뭇가지가 바닥에 툭툭 떨어졌다.

그러던 어느 날이었다. 저녁에 반주를 한잔한 아버지가 "이와쿠, 좀 앉거라" 하며 딸을 불렀다. 여느 때처럼 밥상 옆에는 아버지가 보는 원예 잡지가 반듯하게 쌓여 있었다. 아버지는 다음 날 작업에 영향을 줄까 봐 과음을 하는 편이 아닌데, 오늘은 어쩐 일로 술에 취한 사람처럼 눈가가 벌겋게 달아올라 있었다.

아버지는 과묵한 사람이라 이런 식으로 말을 꺼내는 일이 거의 없었다. 그런 만큼 지금부터 매우 중요한 이야기가 이어지리라는 것을 짐작할 수 있었다. 무심결에 이와코는 아버지 뒤쪽 선반에 자리한 어머니 사진으로 눈길을 보냈다.

"인제 야이다 가의 온실에 가는 건 그만둬라."

마음속으로 내내 걱정하던 일이 마침내 벌어지고 말았다. 그렇지만 이와코는 아무렇지 않은 표정을 지었다. 분위기가 심각해지지 않도록 예에? 아버지, 뜬금없이 뭐예요? 라며 농담처럼 끌고 가야겠다고 머릿속으로 전략을 세웠다. 다케이 조경의 사장인 아버지에게 일 문제로 말대답을 한 적은 이제껏 한 번도 없지만 이번만큼은 절대로 물러설 수 없었다.

"아니, 왜요? 야이다 가의 온실은 당주님께서 직접 나한테 관리를 부탁하셨고, 지금 중앙 온실 B구역의 재배 계획과 저온 재배종 배양 계획을 세우는 중이라 내가 빠지면 제대로 돌아가지 않을지도 모르는데요……."

"더는 가지 마라." 그렇게 말하는 아버지의 얼굴이 괴로워 보였다.

"사장으로서 명령하는 거예요?"

아버지가 이와코를 흘끔 쳐다보다가 눈을 돌렸다.

"……히로유키의 혼담이 진행 중이다."

이와코는 꼼짝도 할 수 없었다. 표정이 일그러지지 않도록 조심하면서 "뭐예요. 그건 축하할 일이잖아요. 히로유키도 먼저 말해주면 좋았을걸. 걔도 쑥스러워서 그랬나"라며 한껏 밝게 말했다.

그러고도 아직 모자란 느낌이 들어서 "저기, 아버지. 혹시나 싶어 말하는데, 나랑 히로유키는 아무 사이도 아니에요. 절대로 아니에요. 히로유키가 결혼을 하든 말든 난 상관없어요. 좋은 소식이라서 다행이에요"라며 건조한 목소리로 웃었다.

"네가 상관하든 말든, 아내 될 사람은 신경이 쓰이는 법이다. 어릴 때부터 같이 어울려 놀던 여자가 옆에 붙어 있고, 둘이 계속 온실에 들어가 있으면 신경이 쓰이는 게 당연하지."

"예에? 여자? 내가 여자라고……." 이와코는 최선을 다해 웃었다. 제대로 웃고 있는지 자신은 없지만 그래도 웃었다.

"나라고요, 나. 눈치 빠른 여자라면 알 거예요, 내가 여자가 아니란 걸……."

이와코는 그대로 입을 다물었다.

고아였던 아버지는 보육원에서 자랐고 정원사로 독립한 후 성실하게 노력해서 지금의 자리까지 왔다. 이와코는 그런 아버지가 존경스러웠지만 가마쿠라 시대[+]부터 30대에 걸쳐 가문을 이어온 야이다 가와 어울리는 집안이 아니라는 것도, 히로유키에게는 수준이 비슷한 가문의 결혼 상대가 있다는 것도 이미 오래전부터 알고 있었다. 야이다 가문 사람들이 이와코에게 기대하는 건 여자가 아니라 정원사라는 것도 분명히 알았다.

히로유키의 등 뒤에는 야이다 가문이 있다. 떼려야 뗄 수 없다. 혹시 히로유키가 집을 나가면 어떻게 될까. "아무도 모르는 어딘가로 도망 가서 살자"라고 하면 히로유키는 분명 따라나설 것이다.

둘이 같이 도망치면 여러 정원사를 거느린 아버지의 입장은 어떻게 될까. 아버지는 죽을힘을 다해 여기까지 올라왔다. 다케이 조경은 야이다 그룹에 속한 시설의 조경 일을 여럿 맡고 있다. "이와코 선배, 제가 이번에 집을 짓게 됐어요. 완성되면 보러 와요, 집사람이 꼭 데리고 오래요"라며 환하게 웃던 부하 직원과 "둘째가 생겨서 더 부지런히 일해야 해"라며 흐뭇해하던 동료의 얼굴이 떠올랐다. 히로유키와 결혼할 여자도 야이다 가문과 연을 맺을 정도

[+] 1185년부터 1333년까지 가마쿠라에 막부가 있었던 시기.

의 명문가라면 그 영향력은 이루 헤아릴 수도 없다. 히로유키와 도망칠까, 아니면 끝까지 고집을 밀고 나갈까. 자신이 섣불리 나섰다가는 여러 사람의 인생이 꼬이게 된다.

운 좋게 아무도 모르는 데 가서 자신은 소소한 정원 일을 맡게 된다 치더라도 히로유키에게는 지병이 있다. 시골 병원에서 대처할 수 있는 병이 아니다. 온실 밖으로 나가면 살아남기 어렵다. 히로유키에게는 야이다 가의 보호가 필요하고, 두 사람이 애지중지 보살펴 온 온실 또한 계속 유지하려면 막대한 돈이 필요하다. 둘 다 야이다 가문과 갈라서는 순간 말라 죽는다.

다른 행복은 욕심내지 않았다. 정원사로서 평생 옆에 있기만 바랐을 뿐인데…….

이와코와 아버지는 잠자코 밥상의 나뭇결만 노려보았다.

"알았어요."

바람이 나뭇잎을 흔드는 소리가 들려왔다. 이와코는 한참 동안 그 소리에 귀를 기울였다.

"하지만 한마디 인사도 없이 히로유키 앞에서 사라지는 건 좋은 생각이 아니에요. 곁가지를 쳐내야 할 나무도 아직 남았고요. 깔끔하게 가지치기해서 최상의 모습으로 만들게요. 마지막 작업은 하게 해주세요."

이와코는 자리에서 일어나 창밖의 어둠을 쏘아보았다.

개울 안에서 그물처럼 생긴 레이스 플랜트 이파리가 하늘하늘 흔들리는 모습이 이와코의 눈길을 사로잡았다. 이 온실은 물속까지 아름답다. 예전에 재미 삼아 방수 카메라를 물속에 넣어본 적이 있는데, 투명한 물살을 따라 유유히 춤을 추는 수초의 모습이 왠지 다른 행성의 숲 같다는 생각이 들었다. 히로유키도 재미있어해서 물속에 카메라를 집어넣고 물가에 드러누워 교대로 들여다봤던 기억이 머릿속을 스쳐 지나갔다.

오늘도 작업 중인 이와코의 등에 대고 히로유키가 재잘거렸다. 이와코도 여느 때처럼 웃으며 말을 받았다.

마지막으로 바닥에 떨어진 잎사귀와 가지와 꽃잎과 낙엽을 싹싹 쓸어 모아 작업용 차량에 싣고 나면 오늘 작업도 끝이 난다.

오늘은 왠지 구름 모양도 심상치 않고 작업 중에도 비 냄새가 난다 싶더니 이와코가 승합차의 뒷문을 올리자마자 빗방울이 떨어지기 시작했다. 서둘러 쓰레기봉투를 차에 싣고 나니 빗발이 더 굵어졌다. 두 사람은 비를 막아주는 처마 삼아 뒷문 아래 서 있었다.

히로유키는 "비다" 하며 천진한 얼굴로 떨어지는 빗방울을 눈에 담았다. 빗방울이 선이 되어 주르르 흘렀다. 온실 유리 위에도 빗방울이 달라붙었다.

둘 다 입을 열지 않았다.

이와코는 이대로 모조리 씻겨 나갔으면 좋겠다고 생각했다.

"히로유키."

"응?"

이와코는 차량 뒤쪽에 넣어뒀던 우산을 꺼내 들었다.

"있잖아, 히로유키. 내가 여기 오는 건 오늘이 마지막이야. 앞으로는 아버지가 오실 테니까 걱정 말고. 인수인계도 확실하게 할게"라며 이와코가 억지로 말을 잇자 히로유키는 어찌할 바를 몰랐다. "아니, 왜. 안 돼. 케이프 구근도 같이 심기로 했잖아."

마지막 작업이다. 뒷마무리까지 깔끔하게 해야 프로다.

이와코는 일부러 짓궂게 웃으며 히로유키의 등을 팡팡 두드렸다.

"서운하게, 왜 말 안 했어! 히로유키, 결혼한다며? 축하해. 맞다, 마침 나도 교토에 가서 수련하게 됐어. 교토에 사는 정원사의 제자로 들어가서 일본 정원에 관해 공부하고 오려고. 에도 시대*부터 대대로 왕실을 담당했었대. 어때, 굉장하지?"

돌연 자신을 품 안으로 와락 끌어안은 히로유키의 심장 소리를 처음 들었다. 대체 이 심장의 어디가 안 좋다는 건지 이해할 수 없을 만큼 기운차게 팔딱팔딱 뛰고 있었다.

빗소리가 더 세졌다.

"이와코 누나, 가지 마. 나랑 있자. 여기는 이와코 누나와 나, 우리의 온실이잖아."

함께 있을 수만 있다면 아무것도 바라지 않았다.

가진 것을 모두 버리더라도 같이 있고 싶었다.

"바보처럼 무슨 소리야. 히로유키…… 사라수는 물을 좀 적게 줘야 좋아해. 그리고 B2 구역에 비료 줄 때는 질소를 많이 섞어서 주고. 앞으로 습도가 높아질 테니까 난초에 바람이 충분히 닿도록 송풍기를 조금 더 세게 틀어줘. 그리고……." 그렇게 뒷말을 이으며 히로유키의 몸을 밀어냈다. 얼굴을 돌린 채 우산만 내밀었다.

"안녕!" 뒷문을 닫고 달아나듯이 운전석으로 뛰어들어 차를 출발시켰다.

✢ 1603년부터 1868년까지를 가리키는 일본의 연호.

절대 뒤를 보지 않으려고 백미러를 반대쪽으로 돌리다가 우산도 쓰지 않고 온실 앞에서 비를 맞고 서 있는 히로유키를 보고 말았다.

그 모습이 점점 작아지며 멀어져 갔다.

그 후로 야이다 가의 온실은 아버지가 관리하게 되었고, 아버지는 뭐라 말이 없었지만 히로유키가 결혼을 한 건 확실한 것 같았다.

이와코도 연애를 아예 안 한 건 아니지만 끝내 다 뿌리치고 독신을 고집하며 오십 대를 맞이했다. 이제 이와코는 덤프트럭과 굴착기와 기중기까지 몰 줄 아는, 그야말로 프로가 되었다. 트레이드마크인 짧은 머리와 회사 이름이 새겨진 시루시반텐은 지금도 그대로였다.

아버지는 허리를 다치는 바람에 아쉽게도 정원사를 은퇴하게 되었다. 적어도 여든다섯까지는 하고 싶어 했지만 병에는 장사가 없는 법이다. 그래서 다시 야이다 가의 온실을 넘겨주고자 딸의 심중을 살폈다.

병실에서 아버지는 "믿을 만한 부하한테 맡기고, 네가 직접 가진 마라"라고 했지만 이와코는 "그 온실을 관리할 수 있는 사람은 아버지와 나밖에 없어요"라며 반박했다.

아버지는 병실 창밖으로 보이는 나무에 시선을 고정했다. 이와코도 가시나무를 알아보았다. 아파서 병원에 입원한 상황에서도 가지의 밀도를 줄이는 가지치기가 제대로 안 된 나무 때문에 언짢아하는 아버지를 보며 천생 정원사구나 싶었다. 저 가지를 다시 손봐주고 싶다고 얼굴에 쓰여 있었다.

"넌 사랑하는 내 딸이다. 귀한 딸이…… 상처받는 게 나는 싫다."

아버지 입에서 나온 사랑하는 딸이라는 말이 너무 의외여서 웃음이 터졌다.

"아버지도 참, 별걱정을 다 하시네. 사람을 남자와 여자와 늙은이로 나누면, 난 한참 전부터 늙은이에 들어섰어요. 나이 든 여자는 웬만한 일로 상처받지 않아요"라고 웃어넘기면서 야이다 가의 온실을 다시 이어받기로 마음을 굳혔다.

20년 만에 찾아온 온실을 보니 그리움이 밀려왔다.

지병 때문일까, 히로유키는 지팡이를 짚고 있었다. 원래도 옅었던 색소가 더 옅어졌는지 이와코보다 네 살 어린데도 머리카락이 하얗게 셌다. 새치로 반백이 된 머리를 예전처럼 하나로 묶었다. 아등바등 몸부림치며 살아오지 않아서인지 얼굴은 조금도 나이를 먹지 않은 듯 청년처럼 묘하게 젊어 보였다. 역시나 온실 밖에 내놓자마자 금방 시들어 버리는 희귀하고도 아름다운 꽃을 닮은 남자라는 인상을 지울 수 없었다.

아내인 사야카도 옆에 있었다.

괜찮아. 길게 숨을 들이마셨다. 이제 아무렇지 않다, 다 지난 일이다. 사소한 일로 상처받던 시절은 지났다고 속으로 되뇌었다.

사야카는 해맑게 웃고 나무랄 데 없는 품성을 지닌 사람이었다. 자세가 반듯하고 부족함 없는 환경에서 곱게 자란 티가 나는 말씨도 몸에 배어 있었다. 예쁜 사람이었.

이 사람이 히로유키의 아내구나. 히로유키와 한집에 살면서 함께 잠들고 아침에 일어나면 같이 밥을 먹고 마주 보고 웃고 이야기하는 사람이구나. 죽을 때까지, 아니 죽어서도 같은 무덤에 들어가 함께할 사람이구나. 부부는 닮는다는데 여유로운 분위기가 히로유키와 닮았다.

이와코가 손질한 정원 곳곳을 칭찬하던 사야카가 "그러고 보니, 이와코 씨는 어릴 때부터 여기서 일을 거들어 주셨다면서요?"라며 가식 없이 웃었다. 그 말에 다른 속내가 느껴지지 않아서 안심했다.

"예. 오래전 일이라 기억은 잘 안 납니다"라며 웃어 보인 다음, "열심히 하겠습니다" 하고 허리를 깊이 숙였다.

머리에 물방울무늬가 새겨진 수건을 둘러매고 온실 안에서 바쁘게 손을 놀렸다. 꽃들은 사이좋게 피어 있는 듯 보여도 결코 그렇지 않다. 모든 식물은 햇빛을 탐하고 자기주장이 강해서, 자기보다 작은 묘목을 위해 비켜주기는커녕 탐욕스레 가지와 잎을 뻗어 나간다. 그대로 내버려두면 햇빛을 받지 못한 식물은 사라지고 생명력이 강한 식물들만 살아남아 그 자리를 독차지한다.

그런 점에서 이와코는 정원사가 지휘자와 비슷하다고 생각했다. 마음껏 소리를 내고 싶어 하는 난폭한 단원들을 두루 살피며 전체를 통솔한다. 지휘자에 따라 곡의 분위기가 완전히 달라지는 것처럼 정원도 누가 관리하느냐에 따라 확연히 달라진다.

아버지가 공들여 가꾼 덕분에 주요 식물은 20년 전에 비해 월등히 굵고 싱그러워졌으며 그중에는 밑동이 몇 배나 더 굵어진 나무도 있었다. 학회지에서만 봤던 희귀한 기생란도 종류가 늘었다. 그렇다고 무작정 종류만 늘어난 건 아니고 아버지의 조경 철학이 오롯이 드러나 있었다.

한창 작업에 열중하고 있는데 뒤에서 작게 "이와코 누나" 하고 부르는 소리가 들렸다. 이와코는 일부러 돌아보지 않았다. "이와코 누나." "이와코 누나." "이와코 누나, 나 말이야."

이와코가 몸을 돌렸다.

나이가 들어도 히로유키의 눈빛은 예나 지금이나 여전했다.

"당주님, 무슨 일이세요?"

"이와코 누나……."

히로유키는 뒷말을 삼켰다.

"예전처럼 부르시면 안 됩니다, 당주님. 그때와 지금은 사정이 다르니까요."

멀리서 히로유키를 찾는 사아카의 목소리가 들렸다.

"사모님께서 찾으십니다. 그럼."

이와코의 반응을 본 히로유키는 고개를 숙인 채 천천히 온실 밖으로 걸어 나갔다.

그 후로 이와코가 온실을 찾을 때마다 꼭 어디 한 군데가 이상해져 있었다. 팻말이 땅에 떨어져 있거나 뒤집어져 있고, 동그란 돌이 통로 한복판에 놓여 있기도 했다. 그랬다, 히로유키는 어릴 때부터 이렇게 실없는 장난을 자주

쳤다.

옛날이 그리웠다.

그러나 그때와 지금은 다르다. 히로유키에게는 아내가 있고, 자신은 여러 명의 부하 직원을 거느리고 있다. 둘 다 지고 있는 짐의 무게가 달라졌다. 행여 히로유키의 아내가 밉살스럽고 음흉한 여자였더라면 마음껏 미워할 수 있었을 텐데. 이와코는 그런 생각을 하다가 그만뒀다.

이와코는 통로에 떨어져 있던 팻말을 주워 제자리에 돌려놓았다.

몇 번 드나들다 보니 안채 쪽 나무가 웃자란 게 보였다. 이와코가 "사모님, 안채도 가지치기 좀 할까요?"라고 묻자 "안채는 조금 더 있다가 해주세요"라는 대답이 돌아왔다. 가지치기는 3월인 이맘때가 적격이지만 나중에 하라고 하니 도리가 없었다.

그러던 어느 날이었다. 이와코는 평소처럼 온실에 도착해서 차에서 내렸다. 안에서 나온 사야카의 안색을 보고 히로유키에게 무슨 일이 있음을 짐작했다. 지금까지도 상태가 나빠질 때마다 입원과 퇴원을 반복했다. 새로 나온 난초 사진집을 사서 문병을 가면 히로유키가 좋아하겠지.

이와코는 집에 가는 길에 서점에 들러야겠다고 생각했다.

"지난주 목요일에 남편이 세상을 떠났습니다. 경황이 없어서 미처 연락을 드리지 못해 죄송합니다."

머릿속에서 의미를 잃어버린, 세상을, 떠났, 습니다, 라는 글자가 떠다녔다. 남편이, 세상을, 떠났, 습니다. 불볕더위에 열사병에 걸렸을 때처럼 눈앞이 하얘졌다.

불현듯 옛날 일이 떠올랐다. 히로유키와 함께 죽은 나무를 베어낸 적이 있다. 히로유키가 스무 살쯤 됐을 때였나. 잘린 그루터기에서 새싹이 나오기를 매일매일 유심히 관찰했다. 땅 위의 나무가 말라 죽더라도 새싹이 하나만 돋아나면 그 나무는 새 생명을 얻어 다시 살아갈 수 있다.

두 사람은 기도하는 심정으로 그 나무를 지켜보았다.

"나도 이렇게 땅에 묻혔다가 건강하게 다시 태어나면 좋겠다."

히로유키가 혼잣말을 했다. 그 나무는 새싹을 틔울 힘이 남아 있지 않았는지 결국 말라 죽고 말았다.

"다시는 새싹을 볼 수 없겠구나."

히로유키는 묘한 얼굴로 죽은 그루터기를 쳐다보았다.

"내가 죽으면, 울어줄 거야?"

느닷없이 날아온 질문에 적잖이 당황했다. 이와코는 히

로유키 앞에서 한 번도 눈물을 보이지 않았다.

"불길하게 왜 그래. 넌 이 나라에서 제일가는 명의에게 진찰받고 있잖아. 그러니까……."

"그러니까, 울어줄 거냐고."

그날 히로유키는 평상시와 달리 쉽게 물러나지 않았다.

"그야. 울긴…… 울겠지."

이와코를 빤히 쳐다보다가 흡족한 듯이 웃길래 손에 들고 있던 강아지풀로 히로유키의 뺨을 간지럽히자 "하지 마" 하며 쿡쿡 웃었다.

어째서 이제 와 그날이 떠오르는 걸까.

"최근 몇 달 동안 지병이 심해져서 발작을 일으켰다가 그대로……."

그렇다. 자신은 한낱 정원사에 불과하니까 바로 연락할 이유가 없었다. 자신과 히로유키는 그렇게나 먼 사이였다.

후들거리는 다리로 간신히 버티고 서서 삼가 고인의 명복을 빈다는 말을 입에 올렸다.

마지막 인사도 하지 못한 채 히로유키를 떠나보냈다.

앞으로도 온실에서 쭉 같이 있을 수 있다고 생각했다. 히로유키에게 하고 싶은 말이 많았다. 이렇게 될 줄 알았더라면 성급하게 거리를 두진 않았을 텐데.

그날 히로유키는 무슨 말을 하려고 했던 걸까.

아니, 왜 20년 전 그때 둘이 함께 떠나지 못했을까. 모조리 내팽개치고 둘이서 훌쩍 떠날 수도 있었다. 이런 결말을 맞이할 줄 알았더라면 아버지에게 원망을 듣고 세상 모두를 적으로 돌린들 그게 다 무슨 상관인가 싶었다.

히로유키…….

사야카의 목소리에 퍼뜩 정신이 들었다.

“저기, 이와코 씨와 상의하고 싶은 일이 있어요. 인제 이 온실을 관리할 사람이 없어요. 정말 죄송하지만, 그만 온실을…… 없애고 싶습니다.”

온실은 이 자리에 계속 존재할 거라고 막연히 믿고 있었다. 히로유키와 자신이 죽은 후에도 두 사람이 살았던 증거인 온실은 영원히 여기에 남아 대대로 이어질 거라고 믿어 의심치 않았다. 온도와 습도를 조절해 주지 않고 사람이 손을 떼는 동시에 잡초가 온실을 점령하고 녹색조가 개울을 뒤덮으며 삽시간에 녹색의 폐허로 변할 게 불 보듯 뻔했다.

—여기는 이와코 누나와 나, 우리의 온실이잖아…….

“제초제를 뿌려서 살아 있는 식물을 죽이려니 저도 마음이 아픕니다. 남편도 애지중지하던 곳이고요.”

중장비로 땅을 파헤치고 나무를 뽑고 제초제까지 뿌려서 순식간에 갈색으로 변해버릴 수목들을 상상했다. 극락 같은 온실 연못과 개울도 흙으로 뒤덮이고 메마른 빈터만 남게 되겠지. 위가 따끔거렸지만 참아야 했다.

"……제가 아는 식물원과 원예가에게 온실의 식물을 사줄 수 있는지 알아보겠습니다. 그때까지는 제가 이 온실을 관리해도 될까요?"라고 갈라진 목소리로 물었다.

두 사람의 추억이 가득한 온실을 부숴야 할 때가 왔다. 내 손으로 직접.

이와코는 야이다 가를 뒤로하고 집으로 돌아갔다. 아버지는 아직 허리 재활 치료가 끝나지 않아서 집 안은 조용했다. 매각할 식물 목록을 만들려고 했지만 할 수 없었다. 몸이 안 좋아서 당분간 일을 쉬겠다고 부하 직원에게 연락해 업무를 전달하자마자 이불을 뒤집어썼다.

그날부터는 시간이 어떻게 지났는지 기억이 나지 않았다. 병나발을 불었던 소주병들만 여기저기에 굴러다녔다.

그날도 온실에 일하러 가야지, 하며 일어섰다가 다시 힘없이 주저앉았다. 이제 온실은 관리할 필요가 없다고 했다. 하지만 식물은 살아 있다. 물을 주는 프로그램이 아무리 세밀하게 설정되어 있다고 해도 사람이 보살펴 주지 않으면 이내 상태가 나빠진다. 그러면 내년에 피는 꽃도 안 예쁠 텐데. 그렇지, 이제 꽃은, 아무도…….

그때 딩동 하고 초인종이 울렸다. 됫병짜리 소주병 하나를 들고 비틀비틀 일어섰다.

현관의 유리 미닫이문 너머에 사람이 서 있었다.

그림자를 보니 방문객은 여자인 듯했다.

드르륵 문이 열리자 날씬하고 젊은 여자가 눈앞에 나타났다. 작은 상자를 가슴에 안고 있는 걸 보니 택배 기사인 듯했다. 이와코가 퉁퉁 부은 눈으로 한 손에는 술병을 든 채 술 냄새를 풀풀 풍기니 일순 잔뜩 겁먹은 것처럼 보이던 여자가 "다케이 이와코 씨 댁 맞습니까?" 하고 물었다.

"저희 천국택배는 의뢰인이 지정하신 분께 유품을 전달하는 일을 하고 있습니다. 여기가……." 받는 사람 칸에 적힌 글씨를 보자 지금까지 꾹 참아왔던 눈물이 와르르 터져 나왔다. 다케이 이와코 님. 그리운 히로유키의 글씨가 분명했다. 히로유키에게 어울리는 섬세한 글씨체. 히로유키가 살았던 흔적. 아무것도 남지 않은 자신에게 남겨진 유일한 것. 이와코는 손으로 현관 바닥을 짚고 주저앉아 술병을 끼고 엉엉 울었다.

택배 기사도 많이 놀랐을 텐데 "괜찮으세요?" 하며 침착하게 등을 쓸어주었다.

택배 기사가 나나호시 리쓰라고 자신을 소개했다.

"……그러시구나. 히로유키 씨는 소꿉친구고 어릴 적부터 잘 알던 사이였군요."

밥상을 사이에 두고 마주 앉았다. 이와코는 간신히 울음을 그치고 차를 내왔다. 조금 전에 나나호시가 준 달콤한 초콜릿 덕분인지도 모른다. 오랜만에 기운이 날 만한 걸 입에 넣었다.

이와코가 자신의 직업과 과거에 온실에서 있었던 일과 앞으로의 일에 대해 이것저것 털어놓으면서 살펴보니, 나나호시는 아직 나이가 어린데도 성격이 시원시원하고 예의도 바르고 입사 후에 쑥쑥 성장하는 젊은이 특유의 눈빛을 보이며 이와코의 말을 귀담아듣고 있었다. 움직임도 빠릿빠릿하고 키도 커서 높다란 나무도 능숙하게 다룰 수 있을 것 같다. 분명 시루시반텐도 잘 어울릴 성싶다. 이와코가 "나나호시 씨. 만약, 만약에 말이에요. 앞으로 이직할 맘이 생기면 꼭 우리 회사에 와요"라고 넌지시 떠보자 나나호시는 "말씀 고맙습니다. 하지만 저는 제 일이 좋아요"라며 생긋 웃었다.

밥상 위에 작은 상자 하나가 올라가 있다. 아까 잠깐 들어보니 엄청 가벼웠다. 무게가 거의 느껴지지 않은 걸로 봐선 안에는 식물의 씨앗이나 무언가 종이 같은 게 들어 있는지도 모르겠다.

바로 상자를 열어서 뭐가 들었는지 확인하고 싶었으나 나나호시가 "이 택배를 열려면 조건이 있습니다. 늦은 시간이라서 죄송하지만, 오늘 밤 자정에 야이다 가의 온실로 와주시겠어요?"라며 엉뚱한 소리를 했다. 오늘 밤 자정이라니, 그건 한밤중이잖아. 이와코는 최상의 컨디션으로 일하기 위해 지난 몇십 년간 밤 10시면 잠자리에 드는 규칙을 지켜왔지만 나나호시가 "시간도 히로유키 씨가 정해주셨거든요……"라고 해서 마지못해 따르기로 했다.

그 시간까지 이 상자를 열어서는 안 된다.

그나저나 이 안에 뭐가 들어 있을까. 물건을 배달하는 나나호시도 내용물이 뭔지 모른다고 했다.

나나호시는 "여기 놔두면 계속 궁금하실 테니까 자정까지는 제가 책임지고 보관하겠습니다. 이따가 온실에서 다시 드릴게요"라는 말을 남긴 채 배달했던 상자를 도로 안고 돌아갔다.

오늘 밤 자정이라…….

일을 하러 가는 게 아니기에 우물쭈물하다가 결국은 평소대로 시루시반텐을 입고 가기로 했다. 도구 주머니도 허리에 찼다. 시루시반텐을 처음 입고 갔던 날, 히로유키가 울었던 기억이 되살아났다. 벌써 3월인데도 밤에는 여전히 추워서 봄이 오려면 아직 멀었구나 싶었다. 작업 차량에 올라타자 입에서 하얀 입김이 새어 나왔다. 두 손을 비벼서 체온을 높이며 능숙하게 시동을 걸었다.

익숙한 야이다 가의 주차장에 소형 오토바이 한 대가 서 있었다. 흰색 날개 마크를 보고 천국택배의 오토바이임을 알아보았다.

발밑을 비추듯 멀리서 불규칙하게 흔들리는 조명이 조금씩 가까이 다가왔다. 늦은 시간인데도 히로유키의 아내 사야카가 코트를 걸치고 마중을 나왔다.

아까와 같은 유니폼 차림의 나나호시는 사야카 옆에 서서 상자를 소중히 안고 있었다.

온실에 들어서자 온몸에 온기가 들러붙었다. 안경에 김이 뿌옇게 서린 탓에 사야카는 허둥지둥 천을 꺼내 안경을 닦았다. 바람이 거세게 휘몰아치는 한겨울에도 온실 안은 열대 기후를 유지한다.

이 시간에는 식물들도 모두 잠이 들었는지 온실은 적막

에 잠겨 있었다.

사야카는 심란한 얼굴로 온실 안을 둘러보았다.

"부끄러운 얘기입니다만, 실은 저희가 지금 파산 직전이에요. 다 마무리되면 이 집도 처분할 생각입니다. 하던 사업이 망해서 빚까지 지고……. 그 사람은 선산과 땅을 팔아치우고, 조상 대대로 물려받은 미술품까지 팔고, 그림이며 가구며 남의 손에 넘기고, 차도 팔고, 팔 수 있는 거라면 자기 신발과 옷까지 뭐든 다 팔면서 이 온실을 지켜왔어요. 아무리 꽃이 예뻐도 그렇지, 식물에 취미를 붙이면 돈이 무시무시하게 들더군요……. 저는 모든 걸 내던지고 취미에 몰두하는 남편이 이해가 안 되더라고요…… 그 사람은 왜 그토록 온실에 연연했던 걸까요……."

산체 기지치기기 예전보다 늦어지고 있디고만 생각했지, 그런 사정이 있는 줄은 상상도 못 했다.

"남편을 떠나보내고, 이제 이 온실을 포기하면 돈을 구하러 다니지 않아도 된다고 생각하니 안도감이 들었어요. 죄송합니다, 이와코 씨. 정성을 다해 보살펴 주신 분께 이런 이야기를 하다니."

아뇨, 하며 고개를 옆으로 저었다.

온실은 만들어 놓기만 하면 저절로 따뜻해지는 것이 아

니다. 날씨에 따라 사우나처럼 숨통이 막힐 수도 있고, 냉동고처럼 꽁꽁 얼어붙을 수도 있다. 그런 사태를 막기 위해 센서로 온도를 조절한다. 원리만 보면 가정집 에어컨과 별반 다르지 않다. 다만, 규모가 다르다. 온도 조절은 물론이고 식물에 따라 원하는 습도가 달라서 습도도 조절해줘야 하고 바람도 신경 써야 한다. 또 수목의 종류가 다양해서 구역별로 세세하게 설정한 장치와 사람의 손길이 꼭 필요하다. 사계절이 뚜렷한 이 나라에서 사시사철 진귀한 식물을 감상하려면 대가를 치러야 했다.

"그 사람은 좀 어린애 같은 면이 있었어요. 이렇게 늦은 시간에 이와코 씨를 나오게 해서 정말 죄송합니다"라며 사야카가 사과했다.

괜찮다며 고개를 가로젓는 이와코에게 나나호시가 "자, 이제 천국택배에서 배달한 물품을 열어보세요"라면서 상자를 건넸다.

상자를 열려던 참이었다…….

아뿔싸.

순간적으로 머릿속에 떠오르는 생각이 있었다.

혹시 상자 안에서 편지 같은 게 나오면 어쩌지. 편지 내용이 이렇게 착한 히로유키의 아내를 슬프게 하기라도 하면 어떡하지. 나나호시에게도 히로유키와 자신 사이의 속사정은 쏙 빼고 일과 관련된 형식적인 얘기만 털어놓았다. 그렇기에 단순히 손발이 잘 맞는 정원사와 고객으로만 알고 있다. 짐작건대 히로유키도 나나호시에게 아무 말도 하지 않은 듯했다.

이와코는 당황한 상태로 머리를 쥐어짰다.

"저기. 상자는 좀 이따가 열어봐도 되죠? 우선 이 온실부터 천천히 안내해 드릴게요…… 이것 좀 봐 봐요, 나나호시 씨. 거기 파란색 꽃은 디사라는 난초인데요, 파란색 디사는 진짜 보기 힘들어요, 재배도 어렵고요. 남아프리카의 고원에서 자생하는데……."

"네에, 근데, 야이다 히로유키 씨가 맡기신 물품부터 먼지 확인해 주세요."

나나호시가 상자를 내밀며 활짝 웃었다.

"어, 저기도 좀 봐요! 가지가 참으로 근사하죠? 맞아요, 저 나무는 말이죠, 미인수라는 건데, 몸통이 술주정뱅이 배처럼 볼록하고……."

"상자 안에 든 건 모종일까요? 이와코 씨, 죄송해요, 제 남편 때문에. 시간이 늦었으니까. 어서 열어보세요."

이와코는 각오를 다졌다. 자신은 다케이 조경의 수장이

다. 지금까지도 위기 상황을 여러 번 극복해 왔다. 그래, 권진장✛이라고 생각하자. 만약의 사태가 일어나면 무사시보 벤케이✱가 권진장을 읽었을 때처럼 엉터리로 읽으면 된다.

"그럼, 제가 열어드리겠습니다."

안에서 뭐가 나오든 이 여자를 슬프게 해서는 안 된다. 잽싸게 상자 안의 알맹이를 가로채서 자연스럽게 읽어야 한다.

"어?" 나나호시 입에서 바람 빠지는 소리가 흘러나왔다.

날쌔게 잡아채려고 마음먹고 있었던 이와코도 얼빠진 표정을 지었다.

아무것도 없다고?

"어, 이럴 리가 없는데? 말도 안 돼." 나나호시가 어찌할 바를 모르고 쩔쩔맸다. "이 안에 중요한 게 들어 있다고. 이와코 씨라면 알 거라고, 히로유키 씨가 그렇게 말했어요." 상자를 뒤집어도, 두드려도 아무것도 나오지 않았

✛ 불도로 나아가도록 권하는 내용의 취지문.
✱ 헤이안 시대에서 가마쿠라 시대에 활동한 승려이자 미나모토노 요시쓰네의 충신. 요시쓰네가 그의 형 요리토모에게 쫓길 때 동행했다. 요리토모의 부하가 수도자로 변장한 자신들을 의심했을 때 불교를 전하며 지방을 순회하는 중이라고 소개하면서 아무것도 안 쓰인 두루마리를 권진장인 것처럼 읽고 위기를 모면했다.

다. 안색이 창백해진 나나호시는 한밤중인 것도 잊고 다급하게 어디론가 전화를 걸었다.

"결혼하고 옆에서 쭉 지켜봤는데 남편은 무슨 생각을 하는지 도무지 알 수 없는 사람이었어요……. 이번에도 딴생각을 하다가 깜빡하고 아무것도 안 넣었나 봐요. 야무지지 못한 사람이었거든요. 이와코 씨, 밤늦게 여기까지 불러놓고, 정말 죄송합니다." 사야카가 허리를 굽히며 정중하게 사과했다.

도대체 무슨 일일까……. 일부러 상자를 준비하고 운송장을 쓰고 천국택배에 의뢰까지 했으면서.

골똘히 궁리해 본들 알 길이 없었다.

상자에 들어 있던 건 어디로 갔을까?

이상한 시간에 깨어 있어서일까, 오히려 정신이 또렷해져서 오늘 밤은 잠을 이루지 못할 것 같았다.

지금부터 여기서 나갈 때까지 꼭 해야 하는 일이 퍼뜩 떠올랐다. 자신 외에는 아무도 할 수 없는 일이다. 이와코는 물방울무늬 수건을 머리에 동여맸다.

이 귀한 식물들이 한 그루라도 더 많이 살아남을 수 있도록 갈 곳을 만들어 줘야 한다. 여기서 자란 식물들이 이곳을 떠나 제대로 살 수 있을지는 장담할 수 없지만, 일말의 가능성이라도 있다면 거기에 기대고 싶었다. 다행히 저금은 많이 있으니까 적자를 각오하고라도 옮겨 심을 준비를 해야겠다고 결심했다.

이와코가 "온실 안을 둘러봐도 될까요? 매각할 식물 목록을 만들고 싶습니다. 밤이 늦었으니 사모님은 먼저 들어가서 쉬세요. 열쇠는 안채 우편함에 넣어두겠습니다"라고 하자 사야카는 마음을 놓는 듯했다.

히로유키는 무슨 말이 하고 싶었던 걸까. 아무것도 모른 채로 멀리 떠나보내고 말았다.

마지막으로 하려던 말은 과연 뭐였을까.

사야카가 안채로 돌아간 뒤에 나나호시가 "아!" 하며 목소리를 높였다. 들고 있던 파일의 지도 뒷면에 뭐라고 적혀 있는 걸 알아차린 모양이었다.

"맙소사! 깜빡했어요. 의자! 어디 보자, 의자가 필요한데"라고 하더니 온실 평면도를 한 손에 들고 어디선가 가져온 의자 하나를 내려놓았다. "음, 오늘이 며칠이더라……"라며 손끝으로 서류에 적힌 글자를 더듬었다. "오케이, 3월 26일……. 야자수를 등지고, 방향은 북북동." 나침반을 들고 의자 방향을 맞추며 혼잣말을 웅얼거렸다.

"앉으세요"라며 나나호시가 의자를 가리켰다. 그러고는

의자 하나를 더 갖고 와서 옆에 놓았다. 나나호시도 그 옆에 앉을 줄 알았는데 온실 평면도를 노려보는 시선을 거두지 않았다.

나나호시는 "이번 의뢰는 조건이 까다로웠거든요. 오늘 날씨가 맑아서 정말 다행이에요"라고 하더니 어딘가로 사라져 버렸다. 이와코가 "나나호시 씨, 어디 가요?"라고 말하는 것과 동시에 불이 꺼지더니 사방이 깜깜해졌다.

눈을 뜨고 있는지 감고 있는지 알 수 없을 정도로 칠흑 같은 어둠이 내려앉았다.

아무것도 눈에 들어오지 않았다.

불현듯 진한 꽃향기가 콧속을 간질였다.

"이봐요, 전기 설비는 함부로 만지면 안 돼요!" 하고 외쳐도 나나호시는 돌아오지 않았다.

"못 살아, 정말······" 하고 투덜대며 눈이 어둠에 익숙해질 때까지 의자에 앉아 멍하니 있었더니 눈동자에 한 줄기 섬광이 지나갔다.

어두운 온실 안에 나나호시의 목소리가 울려 퍼졌다.

"히로유키 씨의 조건은 '보름달이 뜬 맑은 밤에 상자를 전달해 달라'는 거였어요."

어느새 이와코는 알아차렸다.

장난을 좋아하던 히로유키답다고 생각했다. 일부러 상자 안에 아무것도 안 넣은 거였다. 히로유키에게 아주 제대로 속았다.

눈이 어둠에 익숙해지자 온실 안을 은은하게 비추는 달빛이 눈동자에 달라붙었다. 그 달빛을 받아 형형하게 빛나는 파란색 꽃.

둘이 함께 심었던 비취 덩굴이었다.

항상 낮에 왔었기에 미처 알지 못했다. 달빛이 파고든 밤의 온실이, 여기서 바라보는 풍경이 이토록 황홀하기 그지없다는 사실을.

온실 유리 위로 쏟아지는 달빛을 받은 비취 덩굴은 보석처럼 예쁜 꽃송이를 아래로 늘어뜨린 채 푸른빛을 뿜어내고 있었다. 연못에도 달빛이 떨어져 있고, 개울물 소리가 희미하게 들리는 것 말고는 세상이 끝난 듯 고요했다.

비취 덩굴은 뿌리가 섬세하고 온도와 일조 조건의 변화에도 약하고 옮겨심기도 싫어한다. 이만큼이나 뿌리를 내렸으니 옮겨 심는 건 불가능하리라. 비취 덩굴은 이 온실과 함께 사라질 운명이다. 올해를 끝으로 더는 꽃을 피울 수 없다. 이번이 마지막 꽃이다.

그날 둘이 함께 심은 묘목이 이렇게 아름다운 꽃을 피웠을 거라고는 꿈에도 몰랐다.

 나나호시는 뭔가에 다리를 부딪쳤는지 "아야" 하더니 어둠 속에서 이쪽으로 걸어왔다.

 "죄송합니다. 사무실에 급하게 연락해서 확인했는데요, 그 상자가 틀림없다고 하네요. 운송장도 히로유키 씨가 직접 붙였기 때문에 다른 물건과 바뀌었을 가능성은 없다고······."

 그가 미안해하며 말을 이었다.

 "캄캄한 데서 봐도 달라지는 게 없네요······. 제가 생각을 좀 해봤는데요, 드라이아이스 같은 게 아닐까요. 아니, 드라이아이스를 넣었다는 말이 아니고, 드라이아이스처럼 기체로 변해서 사라진 것 같아요. 어쩌다 사라져 버렸을까요······"라며 곰곰이 생각했다.

 "아니면, 무슨 메시지를 숨겨놓은 걸까요? '빈 상자'로 된 삼행시, 예를 들어 '빈', 빈정거리는." 나나호시는 필사적으로 머리를 쥐어짰다.

 "그리고 '상'은······." 상으로 시작하는 말이 얼른 떠오르지 않는 모양이었다. "'상', 상사처럼."

 "그게 뭐예요. '빈정거리는 상사'라니······." 저절로 웃음이 나왔다.

나나호시가 아직도 텅 빈 상자를 신경 쓰는 것 같아서 알려주기로 했다.

"히로유키가 보낸 메시지는 이미 받았으니까 괜찮아요. 나나호시 씨는 걱정 안 해도 돼요. 임무를 완수했으니까."

"예에? 언제 받으셨어요? 어디서? 어떻게요? 어떤 내용이에요?"

"그건 비밀이에요."

"가르쳐 주세요, 궁금하잖아요. 어디서요? 땅에서요?"

웃기만 하고 대답하지 않았다. 이건 전 세계를 통틀어 자신과 히로유키만을 위한 풍경이니까. 이와코는 자기 옆의 빈 의자를 가만히 어루만졌다.

비취 덩굴의 꽃말은 '나를 잊지 말아요'였다.

제4화　　　　　나의 일곱 마녀

현관문을 끼고 두 여자가 공방을 벌이고 있다고 하면 대체 무슨 소리인가 싶지만 물건을 건네주려는 택배 기사와 절대로 안 받겠다며 버티는 수취인 사이에 예사롭지 않은 긴장감이 흐르는 이 모습을 보게 된다면 문을 이용한 새로운 경기라고 착각할지도 모른다. 낡고 허름한 연립 주택의 현관문을 닫는 게 먼저일까, 물건을 전달하는 게 먼저일까. 현관문 앞에서 벌써 몇 분 동안이나 공방전이 펼쳐지고 있다. 천국택배에서 왔다는 배달원은 포기할 기미가 전혀 없다.

 시간을 조금 거슬러 올라가 보자.

 휴일인 오늘, 모리야마 아미는 잠에서 깨어나 아무것도 하지 않고 이불 속에 몸을 맡긴 채 스마트폰만 붙들고 있었다. 공장 아르바이트 일이 힘들어서 평소 집에서는 거의 잠만 자고 아무 일도 할 수가 없다. 만성적인 피로가 눈과 팔과 허리와 다리에 찰싹 달라붙어서 아침에 일어나도 개운하지 않다. 이 원룸에서 혼자 자취 중인데, 혼자 살아도 빨래와 청소 등 자질구레한 집안일은 안 할 수가 없다. 그런데도 아미는 이불 밖으로 나오지 않고 스마트폰 화면의 자잘한 글씨만 눈으로 훑고 있다. 유명인의 이혼 소식과 연예인의 사생활, 귀여운 동물 동영상, 전자레인지로 뚝딱 만드는 간단 요리 레시피, 새로 생긴 카페와 최신 유행까지, 딱히 관심도 없으면서 벌써 몇 시간째 정보를 검색하며 화면을 스크롤하고 있다.

슬슬 일어나 세수 좀 하고 환기를 위해 창문도 열고 세탁기도 돌려야 하는데, 머리로는 알지만 몸이 따라가지 못한다. 곧 점심시간이다. 지난 며칠 동안 먹기만 하고 통 치우지를 않았더니 책상 위에는 편의점 도시락 통이 산처럼 쌓여 있다. 모처럼의 휴일이지만 쇼핑을 하거나 영화를 봐야겠다는 의욕마저 남아 있지 않다. 빈둥빈둥 시간을 낭비하며 휴일을 보내는 자신을 책망하다가 또다시 인터넷 세상 속으로 빠져들었다. 적어도 눈으로 정보를 좇는 동안에는 생각을 비울 수 있다.

그때 누가 초인종을 눌렀다.

못 들은 척하려는데 또다시 딩동 소리가 울려 퍼졌다.

아미는 한 몸이 되어버린 이불에서 잠시 벗어나 얼굴만 내밀고 오기로 했다. 용건이 끝나면 다시 누워 스마트폰이나 봐야겠다고 생각하면서 복층 계단을 내려갔다. 싸구려 연립 주택은 이래서 싫다니까, 넓은 아파트는 자동 개폐 장치도 있고 택배함도 딸려 있겠지.

외시경으로 확인해 보니 택배가 온 듯했다. 택배 기사는 여자였다.

문을 빼꼼 열었다.

"……네."

날씬하고 키가 큰 택배 기사는 짧은 머리를 귀 뒤에 꽂고 있었다.

"안녕하세요, 여기가 모리야마 아미 씨 댁인가요?" 택배 기사의 묘하게 밝은 목소리가 귀에 거슬렸다.

"그런데요."

택배 기사는 "저희 천국 택배는 의뢰인이 지정하신 분께 유품을 전달하는 일을 하고 있습니다"라며 말을 이었다. "니시키 데스코 씨가 모리야마 아미 씨 앞으로……."

니시키 데스코.

그 이름을 듣자 옛 기억이 한꺼번에 몰려왔다. 몸집은 작지만 목소리는 쩌렁쩌렁했던 여자. 흰머리에 덮인 주름진 얼굴. 집 안에 있을 때면 굽은 등에 분홍색 털실로 짠 빛바랜 숄을 걸치고 있었다. 예능 프로그램을 보면서 빙그레 웃었다. 기억의 문이 열리자 백발의 그 얼굴이 되살아났다.

―아미.

―아미야.

자신을 부르는 목소리가 들려오려는 찰나, 아미는 이미 현관문을 도로 닫고 있었다.

"고객님! 안 돼요! 제 말 좀 들어보세요! 이건 니시키 데쓰코 씨가 보낸 소중한 택배예요"라며 택배 기사가 문을 붙잡고 필사적으로 매달렸다.

"그딴 거, 난 필요 없어요……." 아미가 문을 닫으려고 해도 택배 기사는 손에 들고 있던 봉투를 문틈 사이로 밀어 넣으며 떨어질 줄을 몰랐다.

"제발! 니시키 데쓰코 씨의 마지막 선물이니까, 보기만 하셔도 돼요. 제발요! 부탁드립니다!"

"나는 이제 그 사람과 아무런 상관이 없어요. 분명히 말하는데, 나랑 그 사람은 생판 남이라고요."

"저희 쪽에 의뢰하실 때 니시키 데쓰코 씨가 꼭 부탁한다는 말을 여러 번 하셨어요. 무슨 일이 있어도 모리야마 씨께 이 봉투를 전달해 달라고요. 모리야마 씨, 저도 부탁드릴게요. 봉투를 열어봐 주시면 안 될까요?"

부탁드립니다! 하고 정중히 허리를 숙인 채 물러설 기미를 보이지 않았다. 뭐야? 강매야? 택배 강매?

몇 분이 지나도록 공방전을 이어가던 아미는 문득 다 귀찮다는 생각에 택배 기사를 빨리 돌려보내기 위해 봉투를 받아 들었다.

봉투 안에는 반으로 접은 두꺼운 카드가 들어 있었다. 표지에 색색의 꽃무늬가 새겨져 있었다. 맨 먼저 '초대장'이라는 세 글자가 아미의 눈에 들어왔다. 그 초대장에는 날짜와 시간과 주소가 적혀 있었다. 보아하니 정해진 주소로 찾아가서 거기서 뭔가를 받아야 하는 듯했다.

웃기고 있네.

초대장에서 지정한 날짜는 평일이라 아르바이트를 가야 한다. 생일도 아니고, 특별한 기념일도 아니었다.

"봤어요. 이제 됐죠? 안녕히 가세요."

아미는 이 여자가 돌아가자마자 초대장을 반으로 찢어 쓰레기통에 처넣을 생각이었지만 어쩐지 택배 기사는 돌아갈 기색이 없었다. 나중에 클레임을 걸 생각으로 명찰을 확인하자 나나호시라는 이름이 적혀 있었다.

"실은, 의뢰인분 말씀으로는 모리야마 씨께 소중한 물건을 전달하기 위해 초대장을 보내는 거라고 하셨어요. 저…… 모리야마 씨, 그날 가실 수 있나요?"

눈이 크면 표정을 숨기기가 어렵기라도 한 건지 나나호시는 그날 오실 수 있어요? 오실 수 있죠? 오실 거죠? 라고 묻는 듯한 간절한 얼굴로 아미를 바라보았다.

아미는 땅이 꺼져라 한숨을 내쉬었다. "난 안 가요."

나나호시가 슬픈 표정으로 눈을 내리깔았다. 아미는 마치 자신이 나쁜 짓을 저지른 것 같은 기분이 들었다. 귀한 휴일을 방해받은 사람은 나라고요.

나나호시의 표정으로 보건대, 아무래도 의뢰인이 자세한 사정은 털어놓지 않은 눈치였다. 그나저나 이 택배 기사는 아미가 "알겠습니다, 갈게요"라고 대답하기 전에는 절대로 돌아가지 않을 기세였다. 가령 아미가 문을 쾅 닫고 거부하더라도 문 앞에서 몇 시간이고 죽치고 있을 듯한 묘한 박력을 내뿜었다.

아미는 나나호시가 포기하고 돌아가길 바라며 한 가지 아이디어를 생각해 냈다.

"그러면요. 그쪽이 이 초대장에 적힌 수수께끼를 풀면

갈게요. 수수께끼를 못 풀면 난 안 가요. 됐죠?"

절대로 풀지 못할 거라는 확신이 있었다.

"······**우리**는 어떤 관계일까요?"

아미가 초대장을 나나호시 쪽으로 빙그르 돌렸다. 사랑하는 아미에게. 니시키 데쓰코, 지바 세쓰코, 나리타 도모에, 후쿠사키 이치코, 고이즈미 지에, 이케우치 미와, 우에노 유키, 일곱 마녀로부터. 초대장 맨 밑에 그렇게 적혀 있었다.

'마녀'라는 글자를 본 순간 아미의 머릿속에 맨 먼저 떠오른 감정은 혐오감이었고, 그다음은 분노였다. 이게 뭐야. 일곱 마녀? 정말 웃기고 있네. 자기들이 나한테 했던 짓은 다 잊었나. 그렇지 않고선 일곱 마녀라는 이런 장난스러운 이름을 대지는 않았겠지.

마녀는 컴컴한 숲속에서 제물을 바치고 주술을 부린다는 말을 들어본 적이 있다. 오래전에 자신은 일곱 마녀의 제물이었다. 아미는 극심한 분노를 느끼는 한편 옛날이야기의 한 구절을 떠올렸다.

―착한 마녀들은 갓 태어난 공주를 축복하며 선물을 줬습니다. 한 마녀는 아름다움을, 한 마녀는 풍요로움을, 한 마녀는 존중을, 그렇게 사람들이 갖고 싶어 하는 모든 것

들을 공주에게 주었습니다.

"예? 일곱…… 마녀라고요?"

예상대로 초대장을 보낸 사람들의 이름을 본 나나호시의 눈이 휘둥그레졌다.

"이 사람들이 나와 어떤 관계인지 맞히지 못하면 난 안 갈 거예요."

'그 여자들이 자신과 어떤 관계인지'는 아미도 판단이 서지 않았다. 그러니 한낱 배달원이 어떻게 알겠는가.

"너무해요!"

나나호시는 머리를 싸안았다. 나나호시의 또랑또랑한 목소리가 들렸는지 옆, 옆, 옆집에 사는 참견쟁이 노파가 무언가 할 말이 있다는 얼굴로 성큼성큼 다가왔다. 이에 아미는 "일단 들어와요"라며 현관문을 활짝 열고 비켜섰다.

나나호시는 "고맙습니다!" 하고 밝게 인사하다가 고인의 유품을 전달하느냐, 못 하느냐가 자신의 대답에 달려 있다는 것을 깨달았는지 이내 진지한 얼굴로 머릿속을 파헤치기 시작했다.

혼자 사는 이 집에 처음으로 사람이 들어왔다. 아미는 책상 위의 도시락 통을 정리해서 쓰레기봉투에 넣고 입구를 묶었다.

"그런데 이 집 주소는 어떻게 알았어요?"

"아, 니시키 씨가 전화번호를 하나 주시면서 그쪽으로 연락하면 모리야마 씨가 사는 집 주소를 알 수 있다고 말씀해 주셨어요."

아미가 여기 살기 전에 신세를 졌던 사람에게 먼저 연락한 모양이었다. 누구 맘대로…….

"니시키 씨한테서 어디까지 들었어요?"

"니시키 씨가 소중한 사람에게 주고 싶은 물건이 있다고 하시면서 정해진 시간에 초대장을 들고 모리야마 씨 댁으로 찾아가라고 하셨어요."

이유는 모르지만 니시키, 아니, 니시키를 포함한 일곱 여자는 천국택배에 의뢰할 때 자세한 사정은 밝히지 않은 듯했다. 사기를이 한 짓을 생각하면 말할 수가 없겠지.

나나호시는 단어를 골라내듯 천천히 말을 이었다.

"저희 천국택배는 택배를 잘못 전달하는 일이 없도록 사전에 조사를 철저히 합니다. 처음 니시키 씨에게 사연을 들었을 때는 두 분의 나이 차이 때문에 실제 손녀분인 줄 알았어요. 그런데 차근차근 이야기를 들어보니 예전에 '손녀딸처럼 아꼈던 아이', '우리 집 근처에 살면서 자주 같이 놀았던 아이'라고 하시더라고요. 조사 과정에서 이웃들이 니시키 씨에게는 가족이 없다고 했고, 실제로도 그랬습니다. 그렇지만 혈연관계가 아니어도 모리야마 씨가 니시키 씨의 '소중한 손녀딸'이라는 사실은 변함이 없어요."

소중한 손녀딸이라고? 아미는 어이가 없어서 흥 하며 콧방귀를 뀌었다.

"근데 좀 전의 수수께끼는 풀었어요? 니시키 씨와 굳이 이름을 쭉 나열해서 카드를 보내온 다른 여섯 사람과 나는 어떤 관계죠?"

자기 입으로 말하면서도 아미는 이 초대장에서 위화감을 느꼈다. 곰곰이 되새겨 보니 이들이 함께 초대장을 보낸다는 건 있을 수 없는 일이었다. 서로 면식이 없을 터였다. 일곱 사람은 생활환경도 다르고 취미도 제각각이었다. 그런데도 같이 이름을 써서 초대장을 보냈다. 이 초대장은 대체 뭐란 말인가.

그사이에도 나나호시는 초대장을 손에 쥐고 심각한 얼굴로 생각에 빠져 있었다. 그러다가 돌연 눈이 번쩍 뜨인 것처럼 외쳤다. "알았어요! 이분들과 모리야마 씨는 '마녀'라는 카페의 단골이었죠?"

얼토당토않은 말이었다. "틀렸어요."

"저기, 그럼 마술이 취미였다?" 그런 취미도 있나. "아닌데요." "다들 마녀가 나오는 애니메이션의 팬이었다?" "아니거든요." "마녀 마니아들?" "기가 막히네요."

대체 언제까지 계속해야 직성이 풀릴까 싶은데 나나호시는 여전히 고심하는 기색이었다. 인제 그만 돌아가 주면 좋겠는데.

"무슨 관계든 그쪽이 알 바 아니에요. 배달했으면 일 끝난 거 아녜요? 할 일 다 했잖아요. 이렇게까지 하면 뭐 득 될 거라도 있어요? 아니면, 여기서 죽치고 있어도 될 만큼 한가한가."

비아냥거리고 싶었다. 고작 배달 일에 뭘 이렇게 죽자 살자 매달리는 걸까.

나나호시가 아미의 눈을 지그시 들여다보았다. 아미는 눈을 놀리고 싶었지만 그럴 수 없었다. 나나호시는 별난 기운이 느껴지는 사람이었다. 죽은 사람의 유품만 배달한다는 말을 들어서일까. 이런 불길한 일을 하는 사람을 이해할 수 없었다. 니시키가 생전에 의뢰했다는 걸 알면서도 나나호시의 손에 들린 초대장이 지금 막 저세상에서 도착한 것처럼 느껴졌다.

"이 초대장은…… 이 선물은…… 살아생전 니시키 씨의 마지막 소원이자 기도입니다. 저희 회사를 통해서라도 모리야마 씨에게 꼭 전달하고 싶으셨던 거예요. 그러니까 그건 모리야마 씨에게도 소중한 무언가가 틀림없어요."

나나호시가 손안의 초대장을 말끄러미 쳐다보았다.

"저 때문에 전달할 수 없게 된다면, 니시키 씨에게 뭐라고 사죄 말씀을 드려야 할지…… 무엇과도 바꿀 수 없는 소중한 선물, 그래서 꼭 전달해야만 하는 선물일지도 모르는데……."

목구멍까지 차오른 눈물을 억지로 삼키는 표정이었다.

천국택배. 정말이지 짜증 나는 택배 회사다. 받는 사람에게도 사정이라는 게 있다. 적당히 하고 제발 좀 돌아가 줬으면.

"아무튼 이런 의뢰는 처음이었어요." 나나호시가 초대장을 내려다보며 뒷말을 이었다. "니시키 씨는 여러 명의 이름을 써서 보낸다는 사실을 저희에게도 말씀하지 않으셨어요. 그래서 개인적으로 전하는 건 줄 알았습니다. 이름이 여럿이라고 해서 규약을 위반하는 건 아니지만요."

"수수료를 아끼려던 거 아닐까요?"

"그건 아니에요. 어차피 배달 자체는 한 번이라 혼자 보내든, 여러 명이 보내든 수수료는 똑같거든요. 니시키 씨에게, 뭔가 여러 사람의 이름을 써서 보내는 걸 숨겨야 했던 사정이 있었던 건 아닐까요……. 모리야마 씨, 짐작 가는 거 없으세요?"

나나호시가 불쑥 질문을 던졌다.

"내가 어떻게 알아요?"

"니시키 씨를 포함해서 일곱 명이 이름을 적고 초대장을 보냈다. 일곱 명은 전부 마녀이고, 모리야마 씨에게 메시지 혹은 선물을 전하고 싶어 한다고 가정하면요. 이 일곱 마녀는 친구들일까요?"

"친구요? 아뇨, 일곱 사람이 꽤 가까운 곳에 살긴 했지만. 친구는 아닐 것 같은데요."

역시나 아무리 생각해 봐도 이상했다. 이들은 면식이 전혀 없는 사이다. 그런데 이름을 나란히 적어 초대장을 보내다니 대체 뭐가 이렇게 된 일인지 어리둥절하기만 했다.

"솔직히 나도 모르겠어요. 이제 와서 새삼스럽게 이 사람들이 왜 나한테 이런 걸 보내는지."

"그럼, 직접 물어보러 가실래요?"

나나호시가 생뚱맞은 소리를 했다.

"뭐라고요?"

"니시키 씨는 돌아가셨지만, 나머지 분들은 저희도 알지 못합니다. 의뢰하시면서 니시키 씨가 다른 여섯 마녀에 관해 일부러 말을 아낀 거라면, 어쩌면 의뢰 조건에 어긋난다고 생각했기 때문일 수도 있어요. 저희 회사는 돌아가신 분의 유품을 배달하는 업체입니다. 그러니까 나머지 여섯 분은 아직 살아 계실지도 몰라요."

요컨대 현재 누군가 살아 있을 가능성이 있다는 말이다. 아미는 가슴속에 떠오른 그 생각을 떨쳐냈다.

"그럼 니시키 씨가 그쪽에 의뢰할 때 거짓말을 했다는 거예요?"

"거짓말까지는 아니고, 일부러 밝히지 않으신 것 같아요. 뭔가 깊은 뜻이 있는지도 모르겠네요. 그나저나 오늘은 쉬는 날인가요?" 나나호시에게서 갑자기 질문이 날아왔다.

"뭐…… 쉬는 날은 맞지만. 그래도 바빠요. 침대 시트랑 베갯잇도 빨아야 하고, 할 일이 산더미라서."

"다행이네요. 하루면 충분해요."

"아니, 방금 바쁘다는 말 못 들었어요? 그쪽은 하루면 충분하다고 쉽게 말했지만, 이 사람들이 살던 지역은 내 고향이에요. 기차와 버스를 여러 번 갈아타고 가야 할 만큼 멀다고요. 촌구석이라서 버스도 드문드문 다니고, 하루만에는 도저히……."

아미의 대꾸에도 나나호시는 "그럼 50분 후에 다시 오겠습니다. 아, 죄송하지만 긴소매와 긴 바지로 갈아입고 계세요. 되도록 두꺼운 옷으로요"라고 힘차게 말하고는 가버렸다.

뭐야, 이 사람.

이 초대장은 또 뭔데.

슬슬 50분도 다 됐네……라고 생각한 순간, 멀리서 와다닥 뛰어오는 발소리가 들렸다.

설마 아니겠지 싶었는데 초인종 소리가 났다. 아미가 현관문을 열자 나나호시가 헬멧 두 개를 들고 서 있었다.

"가실까요?"라면서 아미의 가슴에 헬멧 하나를 억지로 안겼다.

연립 주택 계단을 내려가 보니 일반 오토바이보다 확연히 더 크고 공기의 흐름에 방해가 될 만한 부분은 모조리 떼어낸 듯한 메탈릭 레드 색상의 대형 오토바이가 눈길을 잡아끌었다.

"어, 설마, 이걸, 타고 가자는……."

"죄송합니다. 지금 사장님이 물건을 배달하느라 회사 차를 타고 나가서요. 꽉 잡으세요, 평소보다 안전 운전에 특히 주의하겠습니다"라며 나나호시가 대형 오토바이에 올라탔다.

"아니, 난 이런 건 타본 적도 없는데요."

"그러세요? 그럼 커다란 배에 올라탔다고 생각하면 괜찮으실 거예요."

아미가 조심조심 뒷자리에 앉자 오토바이가 천천히 움직이기 시작했다. 이 정도면 괜찮겠다 싶더니 점점 속도가 빨라졌다.

고속도로를 질주하는 오토바이에 올라탄 아미는 무서워 죽을 것 같았다. 나나호시의 운전이 거친 건 아닌데, 오토바이 엔진이 두 무릎 사이에 있는지 자신이 잠깐이라도 딴생각을 하면 그대로 날려버릴 것 같았다. 곰곰이 생각해보니 시속 80킬로미터로 공중을 나는 거랑 비슷했다. 자동차와는 전혀 다른 속도감 때문에 심장이 오그라들었다. 허벅다리 안쪽의 힘을 빼는 순간, 땅에 떨어져 죽을지도 모른다고 생각하니 등골이 오싹했다.

고속도로를 빠져나와 속도를 줄인 뒤에야 겨우 한숨 돌릴 수 있었다. 한동안 국도로 빠져 달리자 눈에 익은 길이 나타났다. 고향이라고 해도 될지는 잘 모르겠지만, 아미는 이곳에서 가장 오래 살았다. 온몸에 힘이 들어가서일까,

뼈마디가 저릿저릿했다. 날씨는 따뜻한 편이지만 포근한 다운재킷을 입고 오길 잘했다고 생각했다.

어느덧 익숙한 삼거리와 교차로가 눈에 들어왔다. 다시는 돌아오지 않겠다고 다짐했었다. 이제 아무렇지 않을 줄 알았는데 직접 눈으로 보니 가슴 한구석이 욱신거렸다.

신호에 걸려 멈춰 섰을 때, 아미는 앞에 앉은 나나호시 귀에 들리도록 큰 소리로 물었다.

"마녀들은 어떻게 찾을 거예요? 여섯 명이나 되는데 이름 말고는 아무것도 모르잖아요!"

"그건요. 니시키 씨 집 주소로 찾아가서 이웃들에게 이 초대장을 보여주고, 혹시 이 마녀들을 아는지 물어볼 생각이에요!"

그래서는 며칠이 걸릴지도 모른다. 아미는 짜증이 났다. 하도 어처구니가 없어서 마지못해 다음 말을 입에 올렸다.

"됐어요. 옛날 집은 내가 아니까 같이 가요! 길 안내할게요."

나나호시는 "고맙습니다!"라고 대답하고는 오토바이 속도를 확 높였다.

그 길에 있던 라면 가게가 없어졌다. 찻집은 아직도 영업 중이었다. 중고차 판매점에 차가 늘어서 있는 모습도 예전 그대로였다. 공원에는 칠이 벗겨진 판다 그림이 남아 있었다. 벚꽃이 피려면 좀 더 있어야 하는지 나무에는 입을 다문 꽃봉오리가 맺혀 있었다.

나나호시는 아미가 알려준 대로 모퉁이에서 오토바이 핸들을 꺾었다.

심장이 빠르게 뛰었다.

아미는 "여기가…… 맞는데"라며 손가락을 뻗었지만 자신은 없었다. 자세히 보니 낡은 주택이 있던 터에 신축 아파트가 들어서 있었다. 처음 보는 아파트였다. 나중에 생긴 게 분명했다.

아미는 오토바이에서 내려 나나호시와 함께 아파트를 올려다보았다. 자신의 기억과 눈앞의 경치가 너무 달라서 꿈속에서 영상을 볼 때처럼 현실감이 없었다. 정말 이 자리에 그 집이 있긴 했던 걸까.

"이…… 아파트예요?"

"아뇨. 옛날에는 이 자리에 낡은 주택 세 채가 나란히 서 있었어요. 안쪽도 그랬고요. 지바 씨가 여기 살았었는데……."

나나호시가 맞은편의 오래된 채소 가게로 서슴없이 들어갔다. 그러고는 "실례합니다. 혹시 건너편에 살았던 지바 씨 아십니까?"라고 시원시원하게 말을 꺼냈다.

"저는 천국택배에서 온 나나호시라고 합니다! 지바 씨가 보낸 초대장을 받았는데, 말씀 좀 여쭤보고 싶어서 왔습니다."

그러자 채소 가게 할머니가 "어머나, 건너편에 살았던 지바 씨 말이구나. 죽었어…… 벌써 한참 됐는데…… 그러니까…… 그래, 6년 전이야"라고 기억을 더듬으며 대답했다. 말끝에 아미를 슬쩍 봤지만 기억이 안 나는지 바로 시선을 거두었다.

"그랬군요……."

채소 가게 할머니는 "지바 씨가 죽기 전에 안 좋은 예감이 들었나 보더라고. 잠깐만 기다려 봐"라고 하더니 가게 뒤편으로 갔다.

그러더니 한 아름이 넘어 보이는 커다란 화분 하나를 들고 돌아왔다. 아미도 아는 화분이었다.

"이 화분을 들고 와서는 자기 대신 키워달라고 어찌나 부탁하던지. 식물은 못 키운다고 거절했는데도, 제발 좀 맡아달라며 거듭 머리를 조아리는 통에 하는 수 없이 받았어. 진달래 화분이야."

나나호시가 "화분이 참 예쁘네요"라며 말을 받았다. 작은 타일을 모자이크처럼 붙여 만든 화분에 해님이 방긋방긋 웃고 있었다.

할머니는 "이 진달래를 얼마나 아꼈으면 그랬을까"라고 말하더니 다시 가게 뒤쪽에 화분을 갖다 놓으러 갔다.

채소 가게 할머니에게 고맙다고 인사하고 오토바이로 돌아왔다. 다른 집들은 걸어서 갈 수 있는 거리여서 주차장에 오토바이를 세워놓고 가기로 했다.

"지바 씨는 돌아가셨네요……." 나나호시가 말했다.

"그러면, 이번에는 이쪽으로." 아미가 먼저 걸음을 떼자 나나호시가 따라왔다. 후쿠사키네 집이 여기서 가까웠다.

그 집을 찾아가 보니 담쟁이덩굴에 뒤덮인 채 폐가가 되어 있었다. 2층은 서서히 내려앉는 중이었다. 나나호시는 말없이 그 집을 바라보았다. 딱 봐도 아무도 살지 않는 빈집이었다.

아미는 잠깐 고민하다가 담쟁이덩굴을 걷어내고 현관 옆에 있던 화분 하나를 들어 올렸다.

예전처럼 열쇠가 거기 있었다.

조심스레 문을 열자 오랜 시간 환기를 하지 않아서인지 퀴퀴한 냄새가 코를 찔렀다.

신발을 벗고 들어가야 할지 망설였다. 군데군데 마룻바

닥이 갈라지거나 푹 꺼진 곳도 있었다. 신발을 벗고 들어가면 발을 다칠 것 같았다.

"실례합니다…… 들어갈게요……." 나나호시가 신발을 신고서 집 안으로 들어섰다. 4년이나 지난 달력이 그대로 걸려 있었다.

집 안은 죽음의 냄새로 가득했다. 사람들의 기억에서 잊힌 채 썩어가고 있었다.

나나호시는 벽에 붙어 있는 그림을 우두커니 쳐다보았다. "'할머니, 고마워요'라고 적혀 있네요" 하고 중얼거렸다. 입을 크게 벌리고 웃고 있는 할머니와 여자아이를 그린 그림이었다.

나나호시는 두 손을 모아 합장하고 집을 나왔다. 아미는 원래대로 문을 잠그고 화분 밑에 열쇠를 숨겨두었다.

그다음에 찾아간 우에노네 집도 이미 사라져 새집이 들어섰고, 나리타가 살던 집에는 다른 사람이 살고 있었다. 이웃에게 물어보니 나리타도 세상을 떠났다고 했다. 천국택배에 초대장을 부탁했던 니시키가 죽은 건 이미 알고 있으니까 이제 두 사람만 더 확인하면 된다.

"아…… 다들 돌아가셨구나……" 하며 나나호시가 숙연한 표정을 지었다.

"미리 말 안 했는데, 내겐 능력이 하나 있어요."

"능력이요?"

"나랑 얽힌 사람은 모조리 죽게 되는 마녀의 능력. 나나호시 씨는 내가 안 무서워요? 난 마녀예요. 나랑 있으면 당신도……."

나나호시의 얼굴이 파랗게 질렸다. "괜찮아요! 저는 태양포만교거든요! 그런 초자연적인 힘은 안 통해요!"

"태양포만교? 그게 뭐예요?"

"배부르게 먹고 햇볕을 쬐면 만사가 형통하다는 가르침이에요."

진지한 그 말에 아미가 피식 웃었다.

"다음 집으로 가죠"라고 해서 여섯 번째 집을 찾아갔다. 이케우치가 살던 집도 빈터만 남아 있었다. 주변 이웃에게 물어보니 이케우치가 죽은 뒤에 집도 헐렸다고 했다.

이제 마지막 한 사람만 남았다.

과거의 인연과 맞설 순간이 다가왔다. 일곱 번째 마녀가 살아 있기를 바라는지, 혹은 그 반대인지 아미 자신도 갈피가 잡히지 않았다.

일곱 번째 마녀와 마주하러 가기 전에 나나호시의 배꼽시계가 울어대서 이쪽에서 뭐라도 먹기로 했다. 나나호시가 네모난 물건을 주섬주섬 꺼내어 건네기에 뭔가 했더니 초콜릿이었다. 나나호시는 초콜릿 하나를 입에 넣었다.

아미는 머릿속이 내내 흥분 상태여서 배가 고픈 것도 잊고 있었는데 생각해 보니 아침부터 지금까지 아무것도 먹지 않았다.

마침 근처에 공원이 있는 걸 보고 공원 옆 빵집에서 먹음직스러운 멜론빵, 크림빵, 샌드위치 등을 사 와 벤치에 앉아 우물거리며 띄엄띄엄 대화를 이어갔다. 나나호시는 배가 많이 고팠는지 빵을 다섯 개나 샀다.

"지금까지 들은 이야기를 종합해 보면 여섯 마녀는 하나같이 나이가 많은 분들이었네요…… 의외였어요"라고 나나호시가 웅얼거렸다.

나나호시가 빵을 우물거리는 동인 침묵을 메우기 위헤 아미가 운을 띄웠다.

"어릴 때 내 꿈은 연극 무대에 서는 거였어요."

"그래서 실감 났구나. 아까 '능력'이 있다고 했을 때요, 제가 태양포만교가 아니었으면 겁먹었을 거예요……"라고 말하며 나나호시는 샌드위치를 덥석 베어 물었다.

"연극 중에서도 뮤지컬 배우가 되고 싶어서 레슨도 받았어요."

"뮤지컬. 멋지죠, 화려하고. '레 미제라블', '라이온 킹' 같은 거 맞죠?"

나나호시는 지금까지 봤던 뮤지컬이 떠올랐는지 즐거운 듯 고개를 끄덕였다.

"그런데요, 뮤지컬 배우가 되고 싶어서 뒤늦게 아무리 연습한들 어릴 때부터 레슨을 받아왔던 애들한테는 이길 수 없다는 걸 절감했어요. 애초에 출발점이 다르잖아요. 연기도 마찬가지였어요. 아역 배우 기획사에 소속된 애도 있었는데, 노래와 춤을 배워온 경력이 나랑은 하늘과 땅 차이였어요. 뭐야, 애초에 좋은 가정에서 태어나야 뮤지컬 배우가 될 수 있구나, 그걸 깨닫고 나니까 레슨도, 오디션도 다 괴롭기만 하고……."

"그랬군요…… 배우가 되는 길도 쉽지 않네요……."

나나호시는 샌드위치를 먹다 말고 아미의 이야기에 귀를 기울였다.

"우리 집은 옛날에도 가난했거든요. 그런 내가 갈 만한 데라곤 도서관이 다였어요."

"도서관이요?"

"시간을 죽일 수 있거든요. 거기서는 사람을 세세히 뜯어볼 수도 있고요."

그때 일이 머릿속에 빙빙 맴돌아 아미는 무의식적으로 주먹을 꽉 쥐었다. 식은땀이 다 났다. 평소에는 당시의 기억이 되살아나려고 하면 숫자를 세면서 머릿속에서 쫓아냈다. 여태껏 아무에게도 털어놓은 적 없는 이야기였다.

아침부터 아미는 옆에서 빵을 네 개째 먹고 있는 나나호시에게 계속 휘말리기만 했다. 이 공원의 풍경 때문일까, 처음 타본 오토바이 때문일까. 아니다, 지금 다섯 번째 빵 봉지를 뜯고 있는 나나호시 때문이다.

"……그러다 보면, 매일 오는 사람만 온다는 걸 알게 돼요. 그중에서 할머니를 골라 말을 걸죠."

"헌팅…… 같네요."

"비슷해요. 혼자 사는 할머니를 노리는 거니까."

나나호시가 의아한 표정을 지었다.

"엇, 뭐라고 말을 거는데요?"

"'잠시만 할머니 손녀가 되어줄까요?'라고."

"엄청 수상한데요?"

지나치게 솔직한 나나호시의 반응에 풋 하고 웃음이 터졌다. 틀린 말은 아니었다.

"처음에는 경계하죠. 그렇지만 이런저런 얘기를 하다 보면 조금씩 마음을 터놓기 마련이에요. '우리 가족은 다들 바쁘고, 난 할머니도 없어요……'라고, 쓸쓸한 얼굴로 푸념을 살짝 섞어요."

"와, 진짜 수상하다."

"사실 수상하긴 해도 몇 번 보다 보면 친해지고, 할머니가 먼저 자기 집에서 차라도 한잔 마시자는 말을 꺼내게 돼 있어요. 그다음엔 밥을 먹고 가라는 말도 나오고."

"흐음."

"그러다가 오늘은 늦었으니 자고 가라는 말도 하죠."

"……예? 자고 간다고요?"

예상 밖이었는지 나나호시는 손에 든 샌드위치마저 잊은 듯 아미를 빤히 쳐다보았다.

"계속 수다를 떨다가 그 집에서 자고 가요. 할머니에게 언제든지 놀러 오라는 말을 들으면서 돌아가죠. 그렇게 월요일이 정해져요."

나나호시가 영문을 모르겠다는 표정으로 고개를 갸웃거렸다.

"왜 갑자기 요일이 나오는 거죠?"

"그러니까 나는 월요일의 손녀인 거예요."

"월요일만요? 예를 들어, 이삼일씩 연달아 머물지는 않고요?"

"하루만 있다가 가는 게 중요해요. 진짜 손녀도 아닌데 남이랑 일주일이나 같이 있으면 얼마나 힘들겠어요? 거슬리는 점도 눈에 들어오고. 딱 하루니까 새롭고 산뜻한 거예요. 서로에게."

"뭔지 알겠어요……."

"그런 식으로 월, 화, 수, 목, 금, 토, 일, 요일마다 찾아갈 집을 정해요. 월요일 집에서 나오면 화요일 집으로 가면 돼요. 그다음엔 수요일 집으로 가서, 저 왔어요, 하고 인사하는 거죠. 그렇게 하루씩 신세를 지면 돈도 남아요. 식비가 굳어서요."

나나호시는 뜨악했다. "길고양이…… 같네요……."

"그치만 전구도 갈아주고 장 볼 때도 따라가서 도와주고, 할머니들이 일주일 동안 해야 할 일을 내가 씩 다 해결해 줬어요. 물론 말동무도 해주고요. 젊었을 때의 연애담부터 회사원 시절의 무용담까지. 벌써 50번도 넘게 들었지만 처음 듣는 이야기처럼 놀라면서 맞장구도 쳐주고. 그런 생활이 2년 정도 이어졌어요."

"씩씩한 애였네요…… 그렇게 이 집 저 집 옮겨 다니느라 힘들진 않았나요?"

나나호시가 눈을 동그랗게 뜨고 물었다.

"그런 생각은 딱히 안 했어요. 우리 집에 가기 싫었거든요. 이제 와서 돌이켜 보면, 연기 연습에도 도움이 됐던 것 같아요. 각자가 원하는 손녀가 다르니까, 할머니들 취향에 맞게 말투를 조금씩 바꾸기도 했죠. 그런데 이유를 모르겠어요. 연기에 조예가 있는 사람들이 그러더라고요. 내 연기는 콕 집어 어디가 나쁘지는 않은데 슬픈 장면에서 울 때도 영혼이 없는 것 같다나. 역시 난 뭔가가 빠진 사람인가 봐요. 스타가 되려면 그 무언가가 필요한데, 나한테는 없는 거죠. 뒤늦게 열심히 노력해도 갖지 못하는 게 있다는 걸 지금은 아주 잘 알아요. 뮤지컬 배우가 되고 싶었던 꿈도 진즉에 포기했고요."

헤아릴 수 없을 만큼 많이 연습했던 '잠자는 숲속의 공주'에 나오는 대사가 아련히 떠올랐다.

—안녕하세요, 할머니. 여기서 뭐 하세요?

—실을 뽑고 있단다.

"그래도 착한 마녀들…… 아니, 착한 할머니들과 함께여서 좋았겠어요."

아미는 가슴이 시큰했다. 시간이 흘러도 이 통증은 사라질 줄을 몰랐다.

"끝까지 착한 마녀였으면 좋았겠지만. 질리니까 한순간

에 내다 버리더군요. '잘 들어, 다시는 우리 집에 오면 안 돼'라면서 어느 날 갑자기 나를 버렸어요. 한 명이 아니라 일곱 명이 한꺼번에요. 싫증 나고 귀찮아서 내쫓았겠죠."

"그런 일이 있었군요……." 나나호시는 아미가 왜 초대장을 거부했는지, 왜 약속 장소에 가지 않으려고 했는지 이제야 이해가 갔다.

"지금은 나머지 한 명도 기운이 빠져서 누워 있으면 어쩌나 그 생각뿐이에요. 한 명이라도 살아 있다면 이제 와서 좋은 사람인 척 구는 건 최악이라고, 그 사람들이 나한테 한 짓을 비난하면서 욕을 퍼붓고 싶거든요."

자신이 받았던 지난날의 상처를 그들에게 똑똑히 보여주고 싶었다.

"죄송합니다. 그런 사정이 있는 줄도 모르고. 제가 마지막 할머니를 찾아가서 대신 전해주고 올까요?" 나나호시가 배려하며 물었다.

"아뇨. 여기까지 왔으니 직접 얼굴을 보고 말하고 싶어요."

"돌아가셨으면 어떡하죠?"

그러면 어떻게 해야 할까. 이 어중간한 감정을. 어디다 대고 터뜨려야 할까.

빵을 다 먹고 나서 나나호시와 함께 찾아간, 고이즈미가 살던 집은 아직 남아 있었다. 문패도 그대로였다.

욕실이 없어서 자주 목욕탕에 같이 갔었다. 귀찮을 때는 싱크대에 온수를 틀어놓고 몸을 닦았다. 베란다 따위의 사치스러운 공간은 없었다. 작은 처마가 있고, 처마 아래의 쇠로 된 난간에 옷과 이불을 너는 일을 종종 거들었다. 위층에 세 집, 아래층에 세 집이 사는 연립 주택은 당장이라도 무너질 것처럼 보였다.

2층 계단을 올라가자 쿵쿵 발소리가 울렸다. 그 소리마저 그때와 똑같았다.

나나호시가 고이즈미네 초인종을 눌렀다. 여러 번 눌렀지만 아무도 나오지 않았다. "고이즈미 씨, 안녕하세요! 천국택배입니다! 안에 계세요?" 하고 문을 두드리면서 외쳤다.

그러자 옆집에 사는 할머니가 얼굴을 내밀고 "엥? 그 집에 살던 고이즈미 씨라면 죽었는데?"라고 알려주었다.

"그렇군요. 고맙습니다." 나나호시가 감사 인사를 전하고 두 사람은 계단을 내려갔다.

"일곱 마녀 모두 돌아가셨네요……"라며 나나호시가 침울하게 말했다.

둘이 나란히 서서 고이즈미가 살았던 집을 물끄러미 올려다보았다.

다시 보니 이 연립 주택에는 거주자가 거의 없는 듯했다. 시간이 멈춘 것처럼 조용했다. 철책과 계단 손잡이도 녹이 슬어서 세게 잡으면 부서질 것 같았다. 문 앞에 대형 쓰레기가 산처럼 쌓여 있는 집도 있었다.

"나를 신고한 사람이 바로 고이즈미 씨였어요."

그 말을 듣고 나나호시는 소스라치게 놀랐다.

"예에?"

잘못 들었다고 믿고 싶은 모양이었다.

"뭐라고요? 신고, 라고요?"

"아동보호소에."

그랬다. 초등학교 4학년 무렵부터 엄마는 돈만 쥐두고 툭하면 집을 비웠다. 집에 혼자 있으면 너무나도 괴로웠다. 엄마가 놓고 간 돈은 늘 부족했고 급식 시간 외에는 배불리 먹지도 못했다. 차츰차츰 친구의 가족들이 자신을 꺼리기 시작하면서 갈 곳도 없어졌다. 엄마에게 맞을까 봐 선생님에게 사정을 털어놓을 수도 없었다. 혼자 끙끙거리면서 싸구려 컵라면만 먹었다. 전기가 끊겨 물도 못 끓이고 어두운 집 안에서 꾸역꾸역 생라면을 씹어 먹은 적도 있다. 모든 아이들이 학수고대하는 여름 방학과 겨울 방학은 급식도 못 먹고 쫄쫄 굶어야 했기에 생지옥이나 다름없었다. 집 안에는 쓰레기가 쌓이고 바퀴벌레가 이리저리 돌아다녔다.

  할머니들을 만난 후로는 하루하루가 즐거웠다.

  월요일, 민요를 좋아하는 니시키 할머니는 추임새를 넣어주면 신명이 나서 쉬지 않고 노래를 불렀다. 지금도 기억나는 노래가 있다. 화요일, 꽃을 좋아하는 지바 할머니 집은 갖가지 꽃으로 넘쳐났다. 수요일, 멋쟁이 나리타 할머니는 기모노를 수선해 새 옷으로 지어주었다. 자투리로 머리 장식도 만들어 주었다. 목요일, 오사카 출신답게 코미디를 좋아하는✦ 후쿠사키 할머니가 재미있는 이야기를 들려줄 때마다 배꼽이 빠질 듯이 웃었다. 금요일, 제일 엄격했던 고이즈미 할머니는 숙제를 다 하기 전까지 간식을 못 먹게 했지만, 숙제를 다 끝내면 "그래. 참 잘했어"라고 칭찬하며 같이 간식을 먹었다. 토요일, 이케우치 할머니는 젊었을 때 굉장히 미인이었는지 집에 브로마이드까지 있어서 깜짝 놀랐다. 여자는 자세가 좋아야 미인이라는 말을

✦ 오사카는 만담과 같은 코미디 문화가 발달한 도시로 유머가 생활의 중요한 부분을 차지한다.

입에 달고 살면서 일본 무용을 가르쳐 주었다. 일요일, 우에노 할머니 집에는 온갖 종류의 책이 빼곡히 쌓여 있었는데, 추천해 달라고 하면 이것저것 내주었다.

앞으로도 계속 그렇게 살고 싶었다.

할머니들이 정말 좋았다.

예전에는 만들기 시간이 싫었다. 정성껏 만들어 봤자 기뻐해 줄 사람이 한 명도 없었기 때문이다. 하루는 수업 시간에 해님을 그린 화분을 만들어 꽃을 좋아하는 지바 할머니에게 선물했더니 엄청나게 기뻐하면서 가장 아끼는 진달래를 그 화분에 심었다. 평생 간직하겠다는 말도 했다.

또 하루는 하굣길에 길바닥에 떨어진 추첨권을 주워서 긁었더니 3등 과자 세트에 당첨되었다. 그 과자를 7등분으로 나눠서 할머니들과 같이 먹어야겠다고 생각했다. 이케우치 할머니는 매운 음식을 좋아하니까 단맛이 덜한 걸로 골라서 줘야지, 그렇게 한 사람, 한 사람을 떠올리며 과자를 나눴다. 할머니들은 허리띠를 졸라매야 하는 형편이라 좀처럼 과자를 구경할 수 없으니 기뻐해 줄 것 같았다. 오로지 그들을 기쁘게 해주고 싶다는 마음뿐이었다.

금요일이었던 그날은 고이즈미 할머니 집에 가는 날이었기에 그가 좋아할 만한 과자를 들고 가서 늘 그랬듯이

"저 왔어요" 하고 인사할 생각이었다. 그런데 모르는 남녀 한 쌍이 말을 걸어왔다. "모리야마 아미 맞지?"라고.

아동보호소에서 나온 사람들인 걸 알고 나서도 나와는 상관없다고 생각했다.

"죄송해요. 지금 집에 가야 해서요"라고 말하며 적당히 빠져나가려고 하자 그 사람들이 고이즈미 할머니 집에 가지 못하게 가로막았다. 아미, 우리랑 같이 가자, 라는 말을 물리치고 고이즈미 할머니 집까지 한달음에 달려갔다. 그 계단을 올라갔다. 그날도 쿵쿵! 소리가 났다.

"할머니! 문 열어주세요! 빨리요! 이상한 사람들이 쫓아와요!"

문이 잠겨 있었다.

항상 열려 있던 문이 굳게 닫혀 있었다.

"할머니! 도와주세요!"

문을 쾅쾅 두드렸다.

평소에는 길가에 나와 기다리던 고이즈미 할머니가 그날은 문을 닫고 자물쇠까지 걸어두었다.

고이즈미 할머니는 언제나 나를 지켜주던 사람이었다. 지진이 나서 건물 전체가 삐걱거릴 때도 이불을 덮고 자기 몸으로 감싸주었다.

"할머니! 문 열어주세요! 아미예요! 할머니! 할머니!"

―잘 들어, 다시는 우리 집에 오면 안 돼.

고이즈미 할머니가 그렇게 말하는 것만 같았다.

이런 일이 처음은 아니었다. 친절하게 대해주던 사람들이 어느 날 갑자기 문을 꼭 걸어 잠그고 그 너머에서 차갑게 말했다.

그 문은 두 번 다시 열리지 않았다.

뭔가 잘못돼서 아동양육시설에서 지내게 됐지만 할머니들이 금방 데리러 올 거라고 믿어 의심치 않았다.

그렇지만 할머니들은 데리러 오지 않았다.

면회도 오지 않았다.

단 한 명도.

"언젠가부터 친구 집에 놀러 가면 '오늘은 바쁘니까 돌아가'라고 하면서 문을 열어주지 않았어요. 할머니들은 모두 다 다정했지만, 행복하다고 느낀 건 나만의 착각이었던 것 같아요. 나만 아무것도 몰랐던 거죠. 내가 그들에게 폐를 끼치는 식객이라는 사실을요. 2년이나 붙어 있었으니까 질리는 게 당연해요. 그래서 나를 신고하고 버렸겠죠. 결국, 처음에만 좋은 사람인 척 굴던 다른 사람들과 똑같았어요."

나의 일곱 마녀

아무리 좋게 포장하려고 해도 진짜 손녀가 아니어서 그랬다는 사실은 달라지지 않는다.

일주일에 한 번이라고 해도 돈도 들고 품도 든다. 연금으로 근근이 살면서 쌀뜨물까지 아껴야 하는 형편에 피 한 방울 섞이지 않은 남의 아이를 돌볼 책임은 없다.

피가 섞인 친엄마조차 딸을 제대로 보살펴 주지 않았다. 생판 남에게 기대했던 내가 바보였다. 그 정도로 어렸다는 말이다. 할머니들을 통해 남에게 절대로 기대하면 안 된다는 것과 일말의 희망도 품어선 안 된다는 것을 몸소 배웠다. 모두에게. 모든 상황에 있어서. 내 미래마저도 기대를 버렸다.

입 아프게 설명해 봤자 이 순진해 보이는 나나호시는 이해하지 못할 것이다. 엄마와 아빠가 있는 좋은 가정에서 전기가 끊어질 걱정 따위는 모르고 곱게 자랐겠지. 알 턱이 없다. 하루하루 의지할 사람을 바꿔야만 했던 어린아이의 심정을.

옛날 일을 남에게 털어놓은 건 처음이었다. 아르바이트하는 공장에서 본가 이야기가 나왔을 때도 대충 얼버무렸다. 더는 그 누구도 마음에 들이고 싶지 않고, 누구와도 얽히고 싶지 않았다.

그런데 나나호시는 초인종을 누르고 문을 열고 들어와 현관 앞에 떡 버티고 서 있었다. 돌아가라고 해도 도무지 말을 듣지 않았다.

그렇게 나나호시의 페이스에 말려들었다.

왜 이런 얘기를 하고 싶어졌을까. 그건 나나호시가 포기를 모르는 사람이기 때문이다.

나나호시는 뭐라고 말해야 할지 망설이는 눈빛이었다.

"그런데…… 이상하지 않아요? 모리야마 씨 말대로 모리야마 씨가 성가신 존재였다면, 니시키 씨는 왜 저희 회사에 배달을 의뢰했을까요? 니시키 씨도 그렇고, 다른 할머니들도 전부 돌아가셨어요. 다른 분들은 저도 초대장을 보고 안 거라 파악하지 못했지만, 이렇게 여러 명의 이름으로 선물을 보내는 건 흔한 일이 아니거든요…… 역시 마녀 할머니들이 모리야마 씨에게 꼭 전하고 싶은 메시지가 있지 않을까요?"

아미는 고개를 떨구었다.

사실 이 동네에 오는 게 무서웠다. 혼자였다면 절대로 오지 않았을 것이다.

여기 오면 싫어도 마주하게 된다. 자신이 모두에게 부정당한 존재였다는 사실을 직시하고 싶은 사람은 없을 것이다. 이런 애는 필요 없어. 쓸모없는 애야. 너만 태어나지 않았어도. 걸림돌. 기생충. 이런 애가 왜 태어났을까? 빨리 꺼져.

"이제 와서 새삼스레 뭔가 알아낸다 치더라도 과거로 돌아갈 수 있는 것도 아니고, 할머니들이 나를 버렸다는 게 없던 일이 되는 것도 아니잖아요. 죽기 전에 좋은 일이라도 하나 하고 싶었나 보죠."

그렇다. 지난 시간을 돌이킬 수는 없다. 할머니들에게 어떤 사정이 있었건 아니건, 어떤 핑계를 대건 말건, 그때 아미의 내면이 이미 한 번 죽었다는 사실은 달라지지 않는다. 일곱 마녀의 손에 죽었다.

나중에 가서 내칠 걸 알았더라면 처음부터 가까이 가지도 않았다.

도서관에서 자상해 보이는 할머니들을 골라 말을 걸었지만 그중에는 인상을 쓰면서 지나가는 사람도 있었다. 이 동네에서 아미는 부모의 보살핌을 받지 못하는 귀찮은 아이로 유명했다. 커뮤니티 같은 데 속해 있던 할머니들은 그런 정보를 들었을 수도 있다. 그래서 자기를 전혀 모를 듯한, 고독해 보이는 할머니들만 노렸다. 사람이 그리울 테니 자신을 받아줄 거라 믿었다.

나나호시와 걷다 보니 어느새 주차장으로 돌아왔다.

"이 초대장에 나와 있는 장소에 가보지 않으실래요? 제가 지금 바로 연락해 보겠습니다." 나나호시는 이미 전화를 걸고 있었다. "안녕하세요, 천국택배에서 물품 인수 건으로 연락드렸습니다. 약속된 날짜는 아니지만, 혹시 지금 방문해서 말씀 좀 여쭤봐도 될까요? 네, 네, 알겠습니다. 바로 가겠습니다."

오토바이에 올라탄 나나호시가 "가요"라며 재촉했다.

그렇게 온전히 남을 믿을 수 있는 나나호시가 부럽다가 밉다가, 다시 생각하면 역시 부러운 쪽에 가까운 복잡한 감정이 아미의 가슴속에서 일렁였다. 나나호시는 자신과는 전혀 다른 사람이었다.

아미는 머뭇거렸다. 땅에 떨어진 낙엽만 물끄러미 쳐다보았다.

"안 갈래요. 내가 모두에게 필요 없는 아이였다는 사실을 새삼 확인하고 싶지 않거든요. 아무리 말해도 나나호시 씨는 모를 거예요. 나와는 자란 환경이 다르니까요. 그러니까 이해해 달라는 건 아니지만요, 지금 난 너무 불안하고 무서워요."

그랬다. 무서웠다. 쓰레기가 가득한 캄캄한 방에서 무

룤을 껴안고 떨고 있던 그때만큼이나 무서웠다. 생각해 보면 다른 사람 앞에서 무섭다는 말을 한 것도 처음이었다. 누군가에게 약점을 보이기가 무섭게 금방 짓밟힐 거라고 여기며 살아왔다.

"의뢰하실 때 니시키 씨는……." 나나호시가 입술을 뗐다. 먼 곳을 바라보는 그 눈빛이 니시키의 뒷모습을 좇고 있는 것처럼 보였다.

"저는 니시키 씨에게 직접 의뢰를 받았어요. 모리야마 씨에게 굉장히 소중한 것을 전해주고 싶어 하는 니시키 씨의 강한 의지를 느낄 수 있었습니다. 그게 아니었으면, 제가 이렇게까지 모리야마 씨를 끌고 다니지는 않았을 거예요."

나나호시는 그렇게 말했지만, 잠깐 만난 타인의 마음을 꿰뚫어 보는 게 가능하기나 할까. 실제로 할머니들은 그렇게나 즐거워하다가 하루아침에 한통속이 되어 자신을 내동댕이쳤다.

"진짜 끈질기네."

"제가 포기하면, 모리야마 씨가 누군가의 진심을 모른 채로 계속 살아가게 되잖아요."

"더 나빠지는 것보다는 그게 낫지 않겠어요? 모르면 지금보다 나빠지는 일도 없잖아요."

"그러면요, 마녀들을 믿기 힘들면 저를 믿어보는 건 어떠세요?"

커다란 오토바이에 올라탄 나나호시가 아미를 가만히 쳐다보았다.

아미는 여전히 쭈뼛거렸다.

"괜히 찾아갔다가 역시 난 필요 없는 아이였다는 사실만 한 번 더 확인하게 되면, 그때는 정말이지 회복할 수 없을지도 몰라요……."

"그때는 제가 있잖아요."

나나호시가 헬멧을 건넸다.

아미는 잠깐 머뭇대다가 그 헬멧을 받았다.

"제가 있다는 말에 살짝 넘어갈 뻔했어요. 있다고 해서 달라지는 건 없지 않아요?"

"그건 그렇지만, 없는 것보다야 있는 게 낫겠죠! 출발!"

아미가 타자마자 오토바이가 부릉대며 거리를 질주했다.

차량 대열에 섞인 오토바이가 부웅부웅 배기음을 울렸다. 2차선 도로를 달릴 때, 옆에 멈춰 서 있던 자동차 뒷좌석의 카시트에 앉은 여자아이가 이쪽을 보고 손을 흔들길래 아미도 마주 흔들었다. 그러자 곰 인형을 창문에 갖다 대고 보여주었다. 아미는 아직도 오토바이가 익숙하지 않아서 탈 때마다 목숨을 거는 기분이 들었다. 오토바이 옆으로 맹렬히 질주하는 트럭이 지나갔을 때는 이제 다 끝났구나 싶었다. 농담이 아니라 진짜 목숨을 맡긴 기분이었다. 목숨을 맡긴 상대가 자신과는 전혀 다른 유형의 나나 호시라는 사실이 왠지 찜찜했다. 자칫하면 둘이 같이 죽을 수도 있다.

아무렴 어때.

어차피 살아 있어 봤자 좋은 일도 없는데. 순식간에 차에 치여서 기억을 잃고 하늘의 별이 된다고 한들 딱히 슬퍼해 줄 사람도 없고, 인생을 걸고 싶은 꿈도 이제는 없다.

자신의 기억이 틀리지 않다면, 지금 가는 동네는 자전거로는 도저히 갈 수 없을 만큼 먼 곳이다. 한 번에 가는 버스도 없을 터. 등이 굽은 할머니들이 버스를 여러 번 갈아타서 거기까지 가다니. 어떤 심경의 변화가 있어서 그런 짓을 했던 걸까.

근처 주차장에 오토바이를 세우고 주소를 보며 걸음을 뗐다.

듣기 좋은 말로 고풍스럽다고 할 것 같지만 실제로는 허름한 보석 가게 앞에 다다랐다. 가게 이름은 우에시마 보석이었다. 금색으로 새긴 우에시마 보석이라는 글자는 햇빛을 받아 색이 바래고 칠도 벗겨져 있었다. 가게 정면에 오래된 진열장이 놓여 있다. 진열장 안에는 여성의 목만 있는 마네킹이 늘어서 있고, 그 위에서 금목걸이와 보석이 달린 펜던트 등이 반짝반짝 빛났다. 오래돼 보이는 가게지만, 요즘 유행하는 디자인도 섞여 있었다. 진열장 한쪽에 걸린 '당신의 보석을 새로 가공해 드립니다'라는 푯말이 눈에 들어왔다.

목적지가 보석 가게라는 사실이 아미로서는 뜻밖일 수밖에 없었다.

"신짜 여기 맞아요? 할머니들은 몇 푼 안 되는 연금으로 생활하느라 입에 풀칠만 겨우 하고 살았어요. 이런 보석 가게와는 연이 없을 것 같은데……."

그들이 보석을 갖고 있었을 리가 없다. 같이 장을 보러 가면 달걀과 숙주를 바구니에 넣은 다음, 사고 싶은 반찬에 반액 할인 스티커가 붙을 때까지 일부러 천천히 가게 안을 돌아다니며 이야기를 나눴다. 어느 집이건 냉장고에 먹을거리가 거의 없었다. 의류 업체에서 일했던 나리타를 제외하면 다들 똑같은 옷만 입던 단벌 신사였다. 비록 아미가 할머니들 집에 가는 건 일주일에 한 번이었지만 연금 생활이 어떨지는 안 봐도 뻔하다. 수입은 그대로인데 먹성 좋은 초등학생이 찾아오면 그만큼 지출만 늘어난다.

아미는 과거의 자신과 같은 초등학생을 돌본다고 상상하자 소름이 끼쳤다. 그럴 만한 여유는 어디에도 없다. 당장 돌려보내야지.

나나호시가 가게 문을 열자 몸에 딱 맞는 흰색 셔츠를 차려입은 남자가 두 사람을 맞이했다.

"아, 말씀 들었습니다. 천국택배에서 오셨죠?"

나나호시보다 몇 살 많아 보이는 남자는 가게 주인치고 젊은 편이었다.

나나호시가 "이분이 초대장을 받으신 모리야마 씨입니다"라고 소개하면서 아미를 가리켰다. 그러자 남자가 안타까운 눈빛으로 아미를 지그시 바라보았다.

남자가 이 보석 가게의 주인인 우에시마 도모야라고 자기소개를 했다.

"안으로 들어오세요"라며 가게 문을 닫고 상담실로 쓰는 듯한 아담한 방으로 안내했다. 이 가게를 처음 시작했을 무렵에 찍은 사진일까. 원피스를 입은 여주인이 가게 앞에서 당당하게 포즈를 잡고 서 있는 흑백사진이 벽에 걸려 있었다. 배경에 찍힌 사람이 기모노를 입고 있는 것으로 보아 쇼와 시대[*] 초기인지도 모르겠다. 여주인의 머리 스타일은 구식이지만 옷은 촌스럽지 않았다. 당시에는 유행의 최첨단을 걷던 사람일 수도 있다. 보아하니 대대로 이어온 가게를 현재 주인이 맡고 있는 것 같았다. 부모에게서 자식으로 계승되는 뭔가가 있다는 게 아미로선 부러울 따름이었다.

우에시마가 정성껏 끓여준 커피는 제법 맛이 좋았다.

그가 "모리야마 씨께 드릴 게 있는데요……"라며 말문을 열자 아미는 냉큼 끼어들며 "됐어요, 그냥 사정만 설명해 주세요"라고 딱 잘라 말했다.

대가를 받아 과거의 상처를 탕감하고 싶지 않았다.

우에시마는 물끄러미 아미의 눈을 응시했다.

"정말 고이즈미 씨가 말씀하신 그대로네요……. '화가 머리끝까지 나서 찾아올 거예요. 필요 없다고 하면 사정을 얘기해 줘요'라고 하셨거든요……."

우에시마가 천으로 싸인 중후한 트레이에 목걸이 하나를 내놓았다. 서로 다른 일곱 개의 보석이 달린 자그마한

---

[*] 1926년 12월 25일부터 1989년 1월 7일까지를 가리키는 일본의 연호.

목걸이였다. 여러 가지 색깔이 섞이면 자칫 촌스러워지기 쉬운데 세련되게 조화를 이루고 있었다. 목걸이 줄은 금이었다.

"우선, 모리야마 씨. 이 보석을 봐주세요. 이러한 색깔을 본 적 없으십니까?" 우에시마가 목걸이 끝에 달린 녹색 보석을 손으로 가리켰다.

그 보석을 어디선가 본 적이 있다. 심지어 그 녹색은 한두 번 본 게 아니었다. 익숙한 색깔과 질감. 보석을 뚫어지게 쳐다보던 아미는 흩어진 직소 퍼즐에서 꼭 들어맞는 조각 하나를 찾을 때처럼 기억 속의 녹색을 따라가며 어떤 풍경 하나를 떠올렸다.

헌책 냄새. 그 집은 현관부터 책이 가득했다. 활자 중독이라고 해도 될 만큼 책을 좋아해서 길에 버려져 있던 책도 모조리 주워 왔다. 사정이 그렇다 보니 집 안에 쌓인 책의 장르도 제각각이었다. 그중에는 너무 낡아 동네 도서관에서조차 내다 버린 책까지 있었다.

"우에노 할머니 집 현관에 있던, 용이 입에 물고 있던 녹색 구슬이네요."

마침내 기억 속에 잠들어 있던 녹색을 찾아냈다. 우에노 할머니네 현관 신발장 위에는 골동품처럼 보이는 용 조각

상이 하나 놓여 있었는데, 금속으로 만들어진 그 용은 녹색 보석을 물고 있었다.

우에노 할머니, 책 가져왔어요, 라고 하면 "어머나, 무슨 책이니?" 하면서 보지도 않고 기뻐해 주었다. 재활용품을 버리는 날마다 아미는 등교 전에 쓰레기 수거장을 돌아다녔다. 독서가로 통하는 사람들이 사는 집을 얼추 파악하고 있었기 때문에 그 집들 근처를 중심으로 돌았다. 재활용 쓰레기를 줍는 할아버지들이 자기 구역에 손대지 말라며 쫓아낼 때도 있었지만 아미는 누구보다 발이 빨랐다.

"맞습니다. 이건 우에노 씨의 용이 물고 있던 녹색 비취옥입니다. 느닷없이 용을 들고 와서는 목걸이를 만들어 달라고 해서 얼마나 놀랐다고요. 가게 앞 진열장에 보석 가공을 한다고 붙여놓긴 했지만, 그래도 용 입에 들어 있는 보석으로 목걸이를 만드는 건 듣도 보도 못한 터라 처음엔 거절했습니다. 그랬더니 사정이 있다고 하시더군요."

"용이 물고 있던 보석은 크기가 어느 정도였는지……." 나나호시가 물었다.

이 정도였나? 하며 우에시마가 주먹을 살짝 쥐었다.

"이것 말고도 여섯 개가 더 있는데, 보석 일곱 개를 전부 연결해서 목걸이를 만들어 달라고 요청하셨어요. 한 7년쯤 됐으려나. 그 용이 물고 있던 보석을 깨고 자르고 연마해서 최종적으로 이렇게 만들었습니다. 그럼, 이 옆에 달린 보석도 기억나십니까?" 하며 우에시마가 바로 옆의 보석을 가리켰다.

이번에는 보라색이다. 이 보라색도 낯설지 않았다. 틀림없이 어디선가 본 적이 있다.

문득 선향 냄새가 되살아났다. 선향 냄새와 빛을 받아 반짝이던 보라색.

"이케우치 할머니네 불단에 있던 보라색 돼지 장식품이에요."

샤미센˖ 소리가 귓가를 파고들었다. 일본 무용을 잘했던 이케우치 할머니와 동네 축제에 함께 간 적이 있다. 할머니가 바자회에서 유카타˖도 사주었다. 등이 구부정한데도 이케우치 할머니가 춤을 추면 단순한 봉오도리˖ 동작도 우아하게 보였고, 그런 이케우치 할머니 뒤에서 춤을 추면 어깨가 저절로 으쓱거렸다.

"맞습니다. 이 수정은 이케우치 씨가 갖고 온 돼지 장식

˖ 일본의 대표적인 전통 현악기.
˖ 목욕한 뒤나 여름철에 입는 무명 홑옷.
˖ 백중날 전후로 많은 남녀가 모여 추는 윤무.

품의 자수정입니다. 당시에는 저도 신출내기였기 때문에 일거리를 거절하는 법도 잘 모르고 해서 맡기로 했습니다. 그런데 보석 일곱 개가 도무지 모이질 않더라고요. 대금도 다 냈는데 왜 보석을 가져오지 않는지 궁금해서 물어봤죠. 그랬더니 한 사람, 한 사람씩 여기에 유품으로 가져오기로 했다고 하시더군요. 그렇게 일곱 개가 다 모일 때까지는 디자인도 못 하고, 다음에는 뭐가 올지도 모르잖아요. 받는 사람 앞에서 이런 말씀을 드리려니 죄송하지만, 정말 귀찮은 일을 맡았다고 후회했습니다……."

오랫동안 가슴에 담고 있었는지 우에시마의 입에서 말이 홍수처럼 터져 나왔다.

"저도 이왕 보석 디자인을 공부했으니까 화려하고 고급스럽고 비싼 것을 만들고 싶다는 야망이 있었거든요. 죄송한 말씀입니다만 할머니들이 들고 온 건 대대로 물려받은 값진 보석도 아닐뿐더러, 동전이랑 꼬깃꼬깃 접힌 쌈짓돈을 꺼내시는 것만 봐도 고생고생하면서 한 푼 두 푼 모으신 것 같은데, 대체 왜 이러시는지 궁금하더라고요. 참 난처하기도 하고. 그래서 이게 무슨 일인지 물어봤습니다. 그랬더니 이건 할머니들의 사랑스러운 손녀인 모리야마 씨에게 선물하는 목걸이라더군요. 잘 이해가 안 됐어요.

일곱 할머니 모두가 사랑하는 손녀 모리야마 씨라니. 다시 물어봤죠. 손녀 하나에 할머니 일곱 명이 맞냐고요. 맞다고 하시더군요. 도대체 무슨 소리인지 영문을 모르겠는 거예요……."

우에시마가 그리움에 잠긴 표정을 지었다.

"제가 어리둥절해 있으니까 말씀해 주시더라고요. 어느 날 갑자기 초등학생 손녀가 생겼는데, 어째 좀 수상해서 할머니들 중 한 분이 뒤를 따라가 봤답니다. 그랬더니 글쎄, 월요일의 할머니, 화요일의 할머니, 그런 식으로 요일별로 일곱 명의 할머니가 있고, 아이가 자기 집에는 거의 안 가고 일곱 할머니 집을 돌아다니면서 살고 있다는 걸 아셨대요. 그 뒤로 아이 몰래 할머니들만 종종 모였는데, 그때마다 손녀 이야기로 분위기가 뜨겁게 달아올랐다고 하셨어요. 일곱 할머니 모두의 자랑스러운 손녀였다면서. 진짜 할머니는 아니지만 자신들에게 모리야마 씨는 진짜 손녀였다고 하셨어요. 할머니들은 모리야마 씨 얘기만 나오면 추억 속으로 빠져드셨죠."

"다 거짓말이에요." 아미가 차갑게 말을 내뱉었다. "그 할머니들은 어느 날 불쑥 나를 내팽개쳤어요. 다시는 얼씬도 하지 말라는 듯이."

할머니들과 함께했던 시간은 더없이 행복했건만, 같이 밥을 먹고 춤을 추면서 보았던 그 미소도 전부 가식이고 연기였던 걸까. 얼굴 가득 웃음꽃을 피울 때도 속으로는 제발 좀 꺼져달라고 바랐던 걸까. 아닐 거라고 믿고 싶지만 현실은 녹록하지 않다.

자신이 불필요해진 것이다. 시간이 흘러 간신히 아물었던 마음의 상처가 비명을 내질렀다.

일곱 할머니는 모두 세상을 떠났다.

이제 아무도 없다.

아미의 말을 들은 우에시마가 고개를 끄덕끄덕했다. "방금 할머니들이 모리야마 씨를 '내팽개쳤다'라고 말씀하셨는데, 그래야만 했던 속사정이 있었어요. 할머니들 사이에서도 의견이 갈렸다고 하더군요. 그야 귀여운 손녀딸과 계속 같이 살면서 행복한 시간을 이어가고 싶은 게 당연하잖아요. 그런데 고이즈미 씨가 한 분 한 분 설득했다고 해요. '이제 우리는 손녀딸과 같이 살아서는 안 된다'라고 하면서요."

누가 심장을 꽉 움켜쥐는 것 같았다. 혼자만 악역을 맡기는 싫으니까 한꺼번에 내보내자고 구워삶았구나.

"피붙이도 아닌 초등학생을 돌보려니 부담스러웠겠죠."

그래서 그렇게 내쫓았을 거다.

아무 설명도 없이 비겁하게.

우에시마는 커피를 한 모금 마셨다.

어떻게 이야기를 꺼내면 좋을지 고민하는 눈치였다.

"고이즈미 씨는 어려서부터 아버지가 안 계신 탓에 오랜 세월 병든 어머니를 혼자 돌봐야 하셨대요. 설상가상으로 조부모 간병도 떠맡게 됐고, 할머니 할아버지가 세상을 떠나자마자 이번에는 여동생까지 간병하게 됐다고 하셨습니다. 고이즈미 씨 본인은 그게 당연한 시절이었다고 하셨지만, 밤낮 병상에 누워 있는 어머니의 상태를 확인하며 자세를 바꿔주고, 잘게 썰어 부드럽게 만든 음식밖에 넘기지 못하는 어머니를 위해 하루에 열 번씩 밥을 나눠 먹이셨대요. 그러다 보니 초등학교도 변변히 못 다니고 어머니가 돌아가신 뒤에야 야간 학교에 들어가서 글자만 겨우 뗐다고 하셨어요. 계산도 제대로 할 줄 모르고 내 인생은 이렇게 간병만 하다가 끝나는구나, 하고 문득 정신을 차렸을 때는 나이만 먹었지 직업도 없고, 친구도 없고, 돈도 없고, 몸도 성치 않아서 할 수 있는 게 아무것도 없는 외톨이 신세였다고 하셨습니다."

아미와 나나호시는 미동도 없이 우에시마의 말에 귀를

기울였다.

"'사랑스러운 우리 손녀는 아직 어린데도 우리를 편하게 해주려고 아침부터 밤까지 안간힘을 쓰고 있다. 홀몸에 친척도 없고 가진 것도 없는 우리가 지금보다 더 늙었을 때를 생각해 봐라, 그 아이는 착해서 우리를 못 본 척하지도 못한다. 이대로 지내면 그 아이가 우리 일곱 명의 시중을 드느라 이리 뛰고 저리 뛰어야 할지도 모른다. 아무리 그만하라고 해도 그 아이는 포기하지 않을 거다. 우리 손녀는 그런 애다'라면서. '하나둘씩 죽고 마지막 사람까지 떠나고 나면 혼자 덩그러니 남을 텐데, 그때 가서 가진 것 하나 없이 세상에 내보낼 수는 없다. 우리가 지금 그 아이를 떠나보내 나라의 지원이라도 받게 해야 한다. 자랑스러운 손녀딸의 꿈을 짓밟을 수는 없지 않겠냐, 그 애에게는 큰 꿈이 있다'라고도 하셨대요. 그래서 일곱 명 모두 죽은 뒤에 이 목걸이만이라도 손녀딸에게 남겨주고 싶어서 택배회사에 부탁할 거라고 하셨습니다. 아마 마지막에 떠나신 분이 천국택배에 의뢰했을 겁니다."

우에시마는 애써 눈물을 참았다.

"저 자신이 바보 같더군요. 이렇게 남는 것도 없는 일을 왜 맡았을까, 값비싼 보석으로 우아한 디자인을 하고 싶다는 생각이나 했던 저를 용서할 수 없었어요. 자초지종을 듣고 나니까, 합시다, 제가 하겠습니다, 하면서 저도 마음이 달라졌습니다. 그분들이 맡기신 보석으로 세상에서 제일 멋진 목걸이를 만들어 손녀딸에게 전해드리고 싶었습니다. 그러니까 모리야마 씨, 이 목걸이를……."

그렇게 말하면서 우에시마가 아미 앞으로 목걸이를 내밀었다. 색깔도, 모양도 전부 제각각인 보석들이 세련되게 조화를 이룬 목걸이가 트레이 위에 올라가 있었다. 눈물이 맺혀서 일곱 빛깔의 보석이 부옇게 보였다.

아미는 고개를 옆으로 저었다.

"제가 이걸, 어떻게 받아요."

"받으셔야죠, 왜 못 받아요." 간신히 말을 잇는 우에시마 앞에서 아미는 몸을 숨기듯 고개를 떨궜다.

"……못 받아요."

아미는 말을 잇지 못했다. 무릎을 감싼 손등 위로 눈물방울이 뚝뚝 떨어졌다.

"받을 자격이 없어요. 화려하게 성공하지도 못했고 자랑할 만한 손녀가 아니에요. 그때 꿈이 어쩌고저쩌고 떠들었던 아이는, 이제 배우라는 꿈을 포기하고 전혀 상관없는 아르바이트나 하면서 밥벌이만 겨우 하고 있어요. 친구도 없고, 건실한 가정도 꾸리지 못했어요. 하기 싫은 아르바이트를 억지로 하면서 나이만 먹고 있어요. 이렇게 그냥저냥 살다가 죽겠죠. 나 같은 건 그냥 한심한 쓰레기예요."

연거푸 오디션에 떨어졌다. 옆에서 뛸 듯이 기뻐하는 합격자들을 이를 악물고 지켜봐야만 했다. 괜찮다, 다음에 잘하면 된다, 그렇게 다짐했지만 번번이 마지막 한 방이 부족했다. 옆에서 합격의 기쁨을 나누는 저 사람처럼 나도 번듯한 가정에서 태어났더라면 합격했을 거라며 세상을 원망했다.

어느새 그 꿈마저 내던져 버렸다. 아직 어릴 때는 알지 못했다. 달콤한 꿈을 꾸려면 자격이 필요했다. 거지 같은 집구석에서 태어난 거지는 거지 같은 꿈만 꿔야 했다.

"쓰레기라뇨. 절대로 그렇지 않아요, 그건 제가 보증합니다. 보석을 들고 온 할머니들은 더할 나위 없이 행복해 보였거든요. 어찌나 손녀딸 자랑을 하시던지. 손주란 그런 거 아닐까요? 그냥 살아 있기만 해도 고맙고 존재 자체가 선물인 사람. 스타가 되고, 못 되고, 그게 뭐 대수겠어요? 일곱 분의 자랑스러운 손녀가 이렇게 살아 있는 것만으로도 할머니들은 기쁘실 겁니다. 다들 눈에 넣어도 안 아픈 손녀딸 얘기를 하실 때면 어딘가 먼 미래를 바라보는 눈빛이었습니다."

―아미.

―아미야.

―우리 아미.

기억을 막고 있던 마개가 들썩였다. 생각만 해도 괴로워서 단단히 틀어막아 뒀던 기억의 조각들이 흘러나왔다. 자신을 부르는 할머니들의 목소리. 세상에서 가장 사랑했던 할머니들의 얼굴.

아미가 울음을 그칠 때까지 우에시마와 나나호시가 끈기 있게 기다려 주었다.

"저도 일이 잘 안 풀려서 가게를 접고 보석 디자인 일도 관둬야겠다고 방황하던 시기가 있었습니다. 하지만 할머니들이 맡기신 이 일 때문에 가게를 접을 수가 없었어요. 모리야마 씨께 목걸이를 전달하기 전에는 그만두면 안 된다고 결심했습니다. 지금은 이 일을 맡길 정말 잘했다고 생각해요. 일곱 할머니는 모리야마 씨뿐 아니라, 제게도 최고의 고객이었습니다."

그 말과 함께 우에시마가 아미의 목에 목걸이를 걸어주었다.

아미의 목에 걸린 목걸이는 용의 입에 들어 있던 녹색 비취옥, 불단에 놓여 있던 보라색 돼지 자수정, 염주에 달려 있던 수정, 문진에 붙어 있던 터키석, 브로치였던 황수정, 기모노 허리띠를 장식했던 상아, 머리 장식이었던 마노가 한데 어우러져 있었다. 신기하게도 서로 다른 일곱 보석이 조화롭게 어울려서 보기 좋았다. 아미는 오늘 처음 이 목걸이를 목에 걸었지만, 마치 오래전부터 애용해 왔던 것처럼 거울 속에 비친 모습이 썩 잘 어울렸다.

아미에게는 아직 풀리지 않은 수수께끼가 하나 남아 있었다.

"저기…… 원래 이 목걸이를 전달하는 날짜가 정해져 있었는데요, 특별한 의미라도 있나요? 할머니들 생일도 아니고, 제 생일도 아니거든요. 그렇다고 기념일도 아니고, 딱히 짚이는 데가 없어요."

우에시마가 서글서글하게 웃으며 고개를 끄덕였다.

"잊어버리신 건 아니죠? 초등학교 때 본 '잠자는 숲속의 공주' 뮤지컬이요."

아미는 초등학교를 찾아온 순회공연 팀을 통해 난생처음 뮤지컬이라는 것을 보았다. 평범했던 체육관이 숲이 됐다가 커다란 성으로 변신하는 모습을 두 눈에 담으며 자신도 그 세계 속으로 깊이 빠져들었다. 그 순간의 분위기와 완벽한 호흡을 선보인 배우들의 연기 때문인지 둥둥 울리는 큰북 소리에 공기가 흔들리는 게 느껴지고 자신도 무대와 하나가 된 것처럼 몸이 떨려왔다. 공연이 끝난 뒤에도 한참 동안 그 자리를 떠나지 못할 정도로 뮤지컬 속 세상에 빠져 있었다.

그날 밤은 열이 펄펄 끓고 잠을 자다가도 공연에서 들었던 대사를 중얼거리는 바람에 후쿠사키 할머니의 혼을 쏙 빼놓았다.

그날부터 자신들만의 특별 훈련이 시작되었다. 월요일, 민요를 좋아하는 니시키 할머니는 자기만 믿으라는 양 발성 연습을 맡았다. 맛을 살려서 노래하는 방법도 가르쳐 주었다. 화요일, 지바 할머니와 꽃으로 무대를 만들고 거기서 춤을 췄다. 수요일, 나리타 할머니는 자투리로 예쁜 드레스를 만들어 주었다. 목요일, 코미디를 좋아하는 후쿠사키 할머니가 재미있게 말하는 법을 가르쳐 줘서 이런 건 뮤지컬이랑 상관없지 않냐고 했더니 "얘, 그런 소리 마라. 공주도 농담은 할 줄 알아야지"라고 해서 분위기를 띄우는 화술도 열심히 배웠다. 금요일, 고이즈미 할머니는 숙제를 끝내고 나면 "그래. 참 잘했어" 칭찬해 주고 혼자 연습하는 것을 도와주었다. 토요일, 일본 무용을 잘하는 이케우치 할머니는 춤을 지도해 주었다. 일요일, 우에노 할머니 집에 《잠자는 숲속의 공주》 동화책이 있어서 몇 번이나 그 책을 읽다가 잠이 들고는 했다.

　행복했다. 결코 두 번 다시 돌아갈 수 없는 나날이지만.

　"학교에서 '잠자는 숲속의 공주' 공연을 본 이후로 아이가 연극에 빠졌다며 할머니들이 추억에 잠긴 채 말씀하셨습니다. 그날 이후 마녀 역할을 얼마나 많이 했는지 모른다고. 지금도 대사를 기억한다고 하셨어요. 그날이 바로 손녀딸의 원대한 꿈이 태어난 날이라면서요."

　'잠자는 숲속의 공주'에 나오는 대사가 되살아났다.

　―착한 마녀들은 갓 태어난 공주를 축복하며 선물을 줬습니다. 한 마녀는 아름다움을, 한 마녀는 풍요로움을, 한 마녀는 존중을, 그렇게 사람들이 갖고 싶어 하는 모든 것들을 공주에게 주었습니다.

　우에시마에게 인사를 하고 가게에서 나오자 반들반들한 나나호시의 오토바이가 주인을 기다리는 영리한 짐승처럼 우직스레 그 자리를 지키고 있었다. 어스름이 깔리고 있었다. 차가운 공기는 시시각각 빛을 잃어가고 무리 지어 걸어가는 학생들의 손안에서 스마트폰 화면만 희미한 빛을 내뿜었다. 나나호시가 오토바이에 오르고 나서 아미도 뒷

자리에 앉았다.

그나저나 평범한 휴일 하루가 이렇게 흘러가리라고는 꿈에도 몰랐다. 갑작스러운 초대장과 일곱 마녀와 천국택배. 큼지막한 오토바이와 포기를 모르는 택배 기사.

황혼 무렵의 오토바이는 불빛 속으로 미끄러지듯 앞으로 달려 나갔다.

아미는 살다 보니 별별 일을 다 겪는구나 싶었다.

신호등이 파란불로 바뀌기를 기다리며 멈춰 선 나나호시의 오토바이가 차량 행렬의 선두를 차지했다.

"조금만 더 힘내자!"

아미는 앞에 앉은 나나호시가 똑똑히 들을 수 있도록 목소리를 높였다.

처음부터 다시 시작하는 거야. 내 뒤에는 일곱 마녀가 붙어 있다.

"뭘 힘내는데요?"

"몰라요! 뭐든 해보려고요!"

신호등 불빛이 파란색으로 바뀌었다.

속력을 올린 오토바이는 뒤쪽 차량을 떼어내며 마치 별똥별처럼 앞으로 나아갔다.

아미는 한 손으로 목걸이를 만지작거리면서 속으로 되

뇌었다.
 지금 난 세상 최고로 멋진 목걸이를 목에 건 여자다.

에필로그

나나호시는 비슷하게 생긴 세련된 새집들이 아기자기하게 모여 있는 주택가도 좋아하지만 오래된 집과 새집이 정감 있게 섞여 있는 주택가도 좋아한다. 그런 동네에 들어서면 켜켜이 쌓여가는 시간 속에서 정성스레 가꾸어 놓은 밭을 보고 있는 듯한 기분이 들었다. 오늘 물건을 배달하러 가는 목적지도 그런 느낌이 물씬 풍기는 주택가 안쪽에 있었다.

나나호시는 배달용 오토바이 핸들을 잡고 천천히 앞으로 나아갔다.

새로 지은 주택에는 현관에 세발자전거가 있어 저 집에는 분명 어린아이가 살겠구나 싶고, 올리브나무도 이제 막 심은 건지 아직 키가 작다. 그 옆에 지은 지 오래돼 보이는 주택 담벼락에는 이런 데서 용케 뿌리를 내렸구나, 칭찬해 주고 싶을 만큼 좁디좁은 틈새에 민들레 한 송이가 피어 있었다. 집주인도 굳이 뽑지 않고 가만히 놔둔 것 같았다. 이 길을 지나는 사람들도 일부러 뜯거나 하지 않고 담벼락에 피어 있는 민들레를 지켜보고 있는지도 모르겠다.

그대로 계속 직진하다가 불쑥 눈이 마주쳤다. 담장 위의 검은 고양이가 나나호시를 빤히 쳐다보고 있었다.

이 집이다. 나나호시는 오토바이를 멈춰 세웠다. 헬멧을 벗고 손으로 머리를 정리한 후에 모자를 반듯하게 고쳐 썼다. 옆머리가 이상한 방향으로 뻗쳐 있진 않은지 오토바이 백미러로 살펴보고 나서 짐칸에서 작은 상자를 꺼냈다.

물건을 보낼 곳은 단독 주택이고 남자 혼자 살고 있다는 것을 의뢰인에게 들어서 알고 있었다. 집주인이 식물을 좋아하는지 등나무 덩굴이 멋지게 드리워져 있었다. 근사한 툇마루도 보였다. 아직 만개라고 부를 정도는 아니지만 포도송이처럼 생긴 꽃봉오리가 터질 듯이 부풀어 있었다. 이 등나무에 보라색 꽃이 만발하면 참 장관일 것 같았다. 그러고 보니 의뢰인이 그리운 눈빛으로 예전에는 이 집 툇마루에서 커피를 자주 마셨다고 했던 말이 기억났다.

이 등나무 덩굴이 예쁜 꽃을 피울 수 있도록 줄곧 세심하게 보살펴 왔겠구나.

의뢰인이 가르쳐 준 대로 이시와타리라는 성씨가 새겨진 문패가 걸려 있고, 우편함에도 이시와타리 아키라라는 이름이 박혀 있었다. 받는 사람의 나이는 일흔이라고 했는데 사진에 찍힌 얼굴을 보자 어떤 사람인지 대략 짐작이 갔다. 남자답고 지적인 인상을 풍겼다. 젊은 시절부터 수영을 즐겼다고 했다.

초인종을 눌렀다.

적막감이 감돌 정도로 고요했다.

나나호시는 "실례합니다!" 하고 외치면서 대문을 두드렸다.

아무런 인기척이 없었다…….

그런데 갑자기 안쪽에서 문이 벌컥 열렸다. 수취인 이시와타리일 거라 믿고 나나호시는 자세를 바로 했다.

집 안에서 나온 사람은 제법 나이가 들어 보이는 여자였다. 청소 중이었는지 머리에는 수건을 쓰고 소맷자락을 걷어붙이고 있었다. 혼자 산다고 했는데 이 사람은 누구지…… 하는 생각이 들었다. 가족일까. 여자의 발치에 놓여 있는 먼지떨이와 양동이도 눈에 들어왔다.

"천국택배입니다. 이시와타리 아키라 씨 계십니까?"

일순 말문이 막힌 듯한 여자의 표정을 놓치지 않았다.

"나는 이시와타리 아키라의 여동생이에요. 오빠는 2주 전에 세상을 떠났습니다."

여동생이라는 말을 듣고 보니 짙은 눈썹과 또렷한 쌍꺼풀이 판에 박은 듯이 닮았다. 여동생이라는 여자가 대문을 활짝 열자 현관 안쪽이 살짝 보였다. 끈으로 묶은 신문지와 옛날 잡지, 그리고 쓰레기봉투도 여럿 쌓여 있었다. 아무래도 집을 정리하고 있었던 모양이다.

세상을 떠났습니다…….

천국택배는 유품 택배 서비스다. 물건을 접수하는 즉시 바로 배달하는 서비스가 아니라는 업무 특성상, 극히 드물지만 상대방에게 유품을 전달하지 못할 때도 있다. 바로 오늘처럼.

이유는 여러 가지다. 상대방이 먼저 저세상으로 가버린 것도 그런 이유 중 하나였다.

나나호시는 작은 택배 상자를 손에 들고 "저희 천국택배는 의뢰인이 지정하신 분께 유품을 전달하는 일을 하고 있습니다"라고 설명했다.

"예? 유품이라고요?" 여동생이 적잖이 놀란 듯했다. "저기, 잠깐만요, 유품을 전달해요? 오빠한테? 누가 보냈는데요?" 하고 말을 쏟아내면서 머릿수건을 벗었다.

"도쿠미 하지메 씨가 보내셨습니다."

"도쿠미 씨…… 도쿠미 씨……"를 되뇌며 미간을 짚고 고심하던 여동생은 "아! 도쿠미 씨, 도쿠 오라버니" 하며 무언가 생각났다는 듯 집 안으로 들어갔다. 금방 다시 돌아온 여동생은 사진 한 장을 손에 쥐고 있었다.

"이 사람 맞죠?"

그 사진에 도쿠미 씨가 나와 있어서 나나호시는 화들짝 놀랐다. "네, 이분이에요. 도쿠미 씨. 저희 쪽에 의뢰를 하신 건 반년쯤 전이었습니다."

"이 사진이 오빠 일기장 맨 뒤에 꽂혀 있었어요. 세상에, 오빠도 죽고 도쿠미 씨도 죽었구나. 어쩐지 불길한 예감이 들더라니, 이런 게 맞을 때도 있네요……"라는 말을 끝으로 여동생은 한참 동안 입을 열지 못했다.

"도쿠미 씨와 오빠는 한때 같이 살았어요. 같은 대학에 들어갔는데, 하숙비를 아껴보자는 얘기가 나왔나 보더라고요. 먼 친척이 갖고 있던 이 집을 둘이 같이 빌려서 여기서 지냈어요. 오빠는 이 집이 마음에 들었는지 사회인이 되고 나선 아예 집을 사버렸고요." 여동생이 집을 돌아보며 뒷말을 이었다.

"그랬구나, 도쿠미 씨도 저세상으로 가버렸구나……. 저, 혹시 죽은 날짜도 알아요? 나도 아는 사람이고, 셋이 어울려 놀기도 했던 터라 마음이 쓰이네요. 괜찮으면 좀 알려주세요."

"도쿠미 씨가 돌아가신 건 나흘 전입니다."

"그래요……. 도쿠미 씨가 해외에서 근무해서 사회생활을 시작한 뒤로는 자주 못 만났던 것 같아요. 도쿠미 씨한테 오빠의 부고를 전하고 싶었는데, 서로 연하장을 안 보냈는지 주소록을 찾아봐도 이름이 없더라고요. 그렇지만 두 사람 다 이렇게 비슷한 시기에 세상을 떠난 걸 보면, 오빠와 도쿠미 씨는 끝까지 사이좋은 친구였구나 싶기도 하고……. 어쩌다 보니 오빠는 이 마당에서 쓰러져 그대로 맥없이 갔어요. 건강을 위해 수영도 하던 사람인데."

두 사람은 말없이 상자를 멀뚱히 쳐다보았다.

"저기, 그럼 유품은 어떻게 되나요? 우리 오빠는 이제 이 세상 사람이 아닌데."

나나호시는 "대단히 죄송하지만, 저희 천국택배에서 배달하는 물품은 배송지가 병실처럼 특수한 장소일 경우를 제외하곤 반드시 지정된 수취인에게 직접 전달해야 한다는 규약이 있습니다"라고 대답했다.

"여동생인 내가 대신 받지는 못한다는 말이군요. 두 사람 다 세상을 떠나고 없는데, 내가 맡아도 되지 않을까요?"

"죄송합니다."

택배가 왔다고 하니 유족 입장에서는 안에 뭐가 들었는지 궁금할 만도 하다. 더구나 이 여자는 의뢰인과도 아는 사이라고 했다.

"안에 든 게 뭔지 알아요?"

"죄송합니다. 저희도 자세히는 모릅니다. 의뢰하실 때 도쿠미 씨가 편지와 추억이 깃든 물건을 넣었다고 하셨어요. 고가의 물품이면 저희도 보험에 가입해야 해서 비싼 보석이나 고급 시계 등은 미리 알려달라고 말씀드리고요. 아마도 금전적 가치가 있는 물건은 아닐 겁니다. 개인적으로 마지막 인사를 하고 싶으셨던 게 아닐까 싶습니다."

"한번 들어봐도 될까요?"라고 부탁하면서 손바닥을 내밀기에 "여기 있습니다" 하며 살며시 올려주었다. 무거운 느낌이 없어서 바로 이해했는지 호홍, 그렇겠네, 하며 다시 돌려주었다.

"도쿠미 씨도, 오빠도 진짜 죽었구나……" 하며 여동생이 혼잣말을 중얼거렸다.

나나호시는 공손히 인사하고 이시와타리 가를 뒤로했다.

이 택배는 수취인인 이시와타리 단 한 사람을 위한 것이므로 아무리 유족이라도 대신 전달할 수 없다. 여동생은 도쿠미와도 안면이 있는 사이였기에 오빠 대신 택배를 받고 싶어 하는 눈치였다. 그렇게 빡빡하게 굴지 말고요, 두 사람 다 죽고 없는 마당에 내가 대신 받는다고 어떻게 되는 것도 아니잖아요, 라고 눈짓을 보내는 것 같았다. 지켜보는 사람이 없으니 눈치껏 여동생에게 슬쩍 건네는 것도 불가능한 일은 아니었다.

하지만 나나호시는 유품을 제대로 배달하는 것은 자신의 임무이자 이제 이 세상에 없는 의뢰인과의 마지막 약속이라는 사실을 상기하며 상자를 짐칸에 도로 집어넣었다. 우울한 얼굴로 오토바이 시동을 걸었다.

오토바이를 모는 내내 나나호시는 만약에 유품을 무사히 전달할 수 있었다면 어땠을까 하는 생각에 빠져 있었다. 의뢰인 도쿠미는 나흘 전에 세상을 떠났고 수령인 이시와타리는 2주 전에 세상을 떠났다. 두 사람이 같은 시기에 세상을 떠난 건 우연일 테지만, 평소에는 초자연적인 힘을 전혀 믿지 않는 나나호시도 어쩐지 운명 비슷한 것을 느꼈다.

만약에 유품을 무사히 전달할 수 있었더라면……. 아까부터 혼자서 애태워 봤자 소용없는 생각이 머릿속에 들러붙어 떠나질 않았다. 어쩔 도리가 없음은 배달원인 자신이 제일 잘 알면서도 이시와타리에게 꼭 전해주고 싶은 마음을 지울 수가 없었다.

의뢰인 도쿠미가 말하길, 택배를 보내고 싶은 이시와타리는 예전에는 친한 친구였지만 서로 멀리 떨어져 사는 바람에 오랫동안 얼굴을 보지 못했다고 했다. 천국택배에 배송 취소 신청을 하지 않은 건 이시와타리가 죽었다는 소식을 듣지 못해서겠지. 자신이 세상을 떠나기 전에 상대방이 먼저 떠났다는 사실을 아는 게 좋았을까, 모르는 게 좋았을끼 …….

그만하자. 나나호시는 생각을 밀어냈다. 아무리 머리를 쥐어짜 봤자 의뢰인과 수취인의 사정을 속속들이 알 수는 없다.

나나호시는 나올 때와는 반대로 의기소침하게 허름한 건물로 돌아왔다. 5층짜리 건물 2층에는 천국택배 사무실이, 3층에는 사진 갤러리가 있다. 이번 주 사진 갤러리의 전시 테마는 거리에서 찍은 평범한 사람들의 초상화인 듯하다. 길 한복판에 서서 깜짝 놀란 듯 눈을 왕방울만 하게 뜬 여자아이 사진이 알림판에 붙어 있었다. 언제 찍은 사진인지는 모르지만, 길거리에서 뒤를 돌아보는 아이의 모습이 한순간의 빛과 그림자로 인해 이렇게 사진이라는 형태로 존재한다고 생각하니 기분이 묘했다.

구식 엘리베이터가 나나호시 뒤에서 떵, 소리를 내며 멈춰 섰다. 나나호시는 택배 상자를 끌어안고 계단을 올라갔다. 건물이 낡은 만큼 층수 표지판 조명도 오래되어서 침침한 불빛이 숫자 2를 감싸고 있다. 계단에 서늘한 발소리가 울려 퍼졌다.

나나호시는 흰색 날개 마크가 붙어 있는 사무실 문을 열며 "……다녀왔습니다" 하고 인사했다.

노트북 화면을 들여다보고 있던 사장은 목소리만 듣고도 뭔가 심상치 않은 낌새를 알아차렸는지 무슨 일이냐고 묻는 듯한 표정으로 나나호시에게 시선을 보냈다. 은테 안경을 매만지며 "수고했어" 하고 대꾸하더니 문장 끝에 마침표를 찍듯 키보드를 꾹 누르고는 조용히 노트북을 닫았다.

"설마, 접이사다리?"

"예에."

의뢰인을 맞이하는 천국택배 응접실에는 제단처럼 생긴 선반이 있다. 북쪽 벽 천장 근처에 칠을 하지 않은 나무 선반이 창문을 향해 설치되어 있으니 진짜 제단이라고 생각하는지, 의뢰인이 먼저 이 선반을 궁금해하며 입에 올리는 일은 거의 없다.

그러나 창가에 서서 유심히 뜯어보면 부적과 둥근 거울과 소금과 비쭈기나무와 청주가 차려진 일반적인 제단과는 완전히 다른 것들이 놓여 있음을 알 수 있다.

마트료시카와 울퉁불퉁한 돌, 손으로 만든 듯한 도자기 접시와 곰 인형, 소형 골판지 상자와 꽃병, 옛날 지폐와 드라이플라워, 거기다 레코드판까지. 전부 천국택배에서 의뢰를 받았지만 어떤 사정 때문에 갈 곳을 잃어버린 물건들이었다.

나호시는 응접실 테이블 위에 오늘 배달하지 못한 택배 상자를 내려놓았다. 의자에 앉아 그 상자를 잠시 눈에 담았다. 작은 골판지 상자였다. 받는 사람을 적는 칸에는 정갈하지만 오른쪽으로 갈수록 점점 더 위로 올라가는 글씨로 쓴 주소와 이시와타리 아키라 님이라는 이름이 남아 있었다.

인생의 마지막 순간에 보낸 택배. 의뢰인 도쿠미는 옛 친구이자 동거인이었던 이시와타리에게 어떤 마음을 전하고 싶었을까.

나나호시는 합장하고 나서 조심스레 상자를 열었다.

아까 나나호시는 이시와타리의 여동생에게 거짓말을 하나 했다. 사실은 이 상자 안에 뭐가 들었는지 알고 있었다. 당시 이미 손에 힘이 들어가지 않아서 포장을 제대로 하지 못하는 도쿠미를 대신해 나나호시가 도와주었다.

상자 안에는 나나호시가 포장한 대로 흰색 천으로 감싼 작은 은색 액자가 들어 있었다. 액자 속 흑백 사진에 찍힌 두 남자는 오늘 본 등나무 덩굴이 드리워진 툇마루에서 서로의 어깨에 팔을 올리고 호탕하게 웃고 있었다. 이시와타리의 일기장 맨 뒤에 끼워져 있던 것과 똑같은 사진이다.

멋진 사진이었다.

그리고 편지도 한 통 들어 있었다.

나나호시는 사장이 접이사다리를 꺼내 와서 선반 아래쪽에 놓고 천천히 펼치는 모습을 보며 응접실 창문을 활짝 열었다. 사장은 살랑살랑 불어오는 5월의 봄바람을 맞으며 접이사다리 위에 올라 먼지떨이로 선반에 쌓인 먼지를 살살 털어냈다.

먼지떨이를 겨드랑이에 끼우고 "나나호시, 이거 좀" 하며 사장이 쇠로 만든 함을 내려줘서 두 손으로 받았다. 그 함은 보기보다 대단히 무거웠다. 아무런 장식이 없는 금속함. 함을 받아 들자 안에 든 종이가 움직이는 듯한 느낌이 어렴풋이 들었다.

편지는 의뢰인과 수취인 둘만의 이야기이므로 꺼내 보지 않고 이 함에 넣어둔다. 꼭 맞는 덮개와 한 세트인 이 함에 편지를 넣어두면 당시의 공기까지 함께 보관하는 기분이 든다.

조심스레 편지를 넣고 덮개를 닫자 사르륵 소리가 났다. 닫힌 함을 앞에 두고 나나호시는 생각에 잠겼다.

의뢰인 도쿠미는 이시와타리에 관해 말을 많이 늘어놓지 않았다. 다만, 소중한 사람이라고 했다. 자기 인생에서 대단히 소중한 사람이라고.

한 번만 용서를 빌 수 있다면…….

등나무 덩굴 아래에서 웃음 짓는 도쿠미와 이시와타리, 이 두 사람 사이에 어떤 역사가 있고 어떤 추억이 서려 있는지는 영원히 알아낼 길이 없다. 이시와타리의 여동생에게도 유품에 관해서는 한마디도 하지 않았다. 잘했다고 생각했다.

그 집을 두루 살펴보지는 못했지만, 집주인이 썼을 법한 잡동사니들을 처분하는 실내 풍경은 빈 제비 둥지처럼 한없이 적적했다. 그런 상황에서 오로지 등나무만이 생명을 이어가고 있었다.

 언젠가 다른 사람이 그 집을 사게 될까. 주인이 바뀌더라도 그 등나무 덩굴은 계속 살아남았으면 좋겠다고 생각했다.

 등나무는 올해도 어김없이 꽃망울을 터뜨리겠지. 그 모습을 지켜보며 음미할 사람이 있을까. 나나호시는 주인을 잃어버린 고요한 툇마루와 보랏빛 송이를 가득 매단 등나무를 상상했다.

 등나무 덩굴 아래에서 두 사람이 함께 웃던 시간은 분명히 존재했다. 그 순간이 이 액자 속에 남아 있다. 나나호시는 조심조심 그 액자를 들어 사장에게 건넸다.

 접이사다리 위에 선 사장은 꽃병 바로 옆자리에 그 액자를 장식했다. 그리고 그 옆에 편지가 들어 있는 금속함을 내려놓더니 좌우 균형을 확인하면서 조금씩 위치를 조정했다. 나나호시도 사장처럼 선반과 거기 놓여 있는 물건들을 번갈아 가며 쳐다보았다.

 천국택배는 배송을 신청하는 고객들에게 반드시 물어보는 게 있다.

 ―맡기신 물건은 저희가 책임지고 기필코 수취인에게 전달하겠습니다. 지금까지 유품을 배달하면서 아주 드물

긴 해도 수취인의 사정으로 끝내 배달하지 못한 경우도 있습니다. 예를 들어, 받는 분이 먼저 돌아가셨거나 혼수상태에서 깨어나지 못하시거나 할 때. 그럴 때는 어떻게 하기를 원하십니까?

만약의 경우를 대비해서 그렇게 물어보면 어떤 사람은 상자째 태운 다음 재를 산에다 뿌려달라고 하고, 어떤 사람은 유족에게 돌려주라고 하고, 또 어떤 사람은 나무 밑에 묻어달라고 했다.

상담하던 병실에서 도쿠미는 사뭇 쓸쓸한 눈빛으로 "그렇군, 그럴 수도 있겠군" 하고는 입이 붙어버렸다.

"이건 저희 사무실 선반을 찍은 사진입니다. 전달하지 못한 물건은 여기에 올려둡니다. 편지는 열어보지 않고 맨 오른쪽의 금속함에 넣어 소중하게 보관합니다" 히머 선반 사진을 보여주자 도쿠미의 입술이 빙그레 풀어졌다.

"혹시 그런 일이 생기면, 내 것도 이 선반에 놓아주게. 갈 곳을 잃은 보물들끼리 사이좋게 지낼 수도 있으니까. 나와 내 친구는 죽고 없더라도, 계속 그 자리에서 당신들이 일하는 모습을 지켜보는 것도 재미있겠구려."

사장은 의식을 거행하는 사람처럼 엄숙하게 접이사다리를 접었다. 선반 위에 놓인 액자는 예전부터 거기 있었던 것처럼 떡하니 어우러져 있었다. 창고에 접이사다리를 갖다 놓으러 간 사장이 다시 돌아올 때까지 나나호시의 눈은 그 선반에 고정되어 있었다.

미리 의논한 것도 아닌데 둘이 나란히 서서 갈 곳 잃은 보물들이 모여 있는 선반을 향해 조용히 묵념했다.

멀리서 새가 지저귀는 소리가 들려왔다.

나나호시는 굳게 다짐했다. 전하고 싶어도 전하지 못한 진심이 있음을 가슴 깊이 새기고 살아가야겠다고.

나나호시는 배달하러 나가기 전에 그 선반을 힐끔 올려다보는 버릇이 있다.

그러면서 지금 들고 있는 이 선물을 무사히 전달할 수 있게 도와주세요, 라고 마음속으로 기도했다.

―다녀오겠습니다!

천국에서 온 택배 2

초판 1쇄 인쇄 2025년 3월 11일 | **초판 1쇄 발행** 2025년 3월 19일

지은이 히이라기 사나카 | **옮긴이** 김지연

책임편집 홍은선 | **디자인** 유은
책임마케팅 최혜령, 박지수, 도우리 | **마케팅** 콘텐츠 IP 사업본부
해외사업 한승빈 | **경영지원** 백선희, 권영환, 이기경, 최민선 | **제작** 재영P&B

펴낸이 서현동 | **펴낸곳** ㈜오팬하우스 | **출판등록** 2024년 5월 16일 제2024-000141호
주소 서울시 강남구 테헤란로 419, 11층(삼성동, 강남파이낸스플라자)
이메일 info@ofh.co.kr

ⓒ히이라기 사나카 2025

ISBN 979-11-94654-07-0 (03830)

모모는 ㈜오팬하우스의 출판브랜드입니다.

이 책은 저작권법에 따라 보호받는 저작물이므로 무단전재와 무단복제를 금지하며, 이 책 내용의 전부 또는 일부를 이용하려면 반드시 저작권자와 ㈜오팬하우스의 서면동의를 받아야 합니다.

책값은 뒤표지에 표시되어 있습니다.

잘못된 책은 구입하신 서점에서 바꿔드립니다.